MARESKA

ET

OSCAR.

IMPRIMERIE DE COSSON.

MARESKA

ET

OSCAR.

PAR Mme ADÈLE DAMINOIS ,

AUTEUR D'ALFRED ET ZAIDA , etc. etc.

ORNÉ D'UNE TRÈS-BELLE VIGNETTE PAR CHASSELAT
ET KONIG.

TOME SECOND.

PARIS ,

A. MARC, LIBRAIRE,

AUTEUR ET ÉDITEUR DU DICTIONNAIRE DES ROMANS ,

RUE RAMEAU , N° II, QUARTIER DU PALAIS-ROYAL.

1823.

MARESKA.

SUITE

DE LA

DEUXIÈME PARTIE.

CHAPITRE II.

La joie se répandit sur les traits du vieillard, en voyant les deux étrangers, et Mareska, instruite d'avance de la nouvelle connaissance qu'il en avait faite, répondit à leur salut avec une grâce inimitable. Ce n'était plus cette beauté qui deux jours avant enchaînait l'attention universelle et captivait tous les regards; Oscar ne vit plus qu'une fille charmante, mais simple, communicative, qui s'oubliait entièrement pour ne s'occuper que de ceux qui l'entouraient; il était dans un étonnement qui le rendait silencieux et rêveur; on eut dit qu'il était sous l'empire d'une magie puissante, à laquelle il cédait malgré lui ; Ramire seul racontait avec son innocence ordinaire combien il était satisfait en retrouvant dans la même personne une reine et un bergère ; et il ajoutait qu'il voulait croire désormais aux pays enchantés dont on l'avait bercé dans son enfance.

Mareska souriait à ce discours,

regardant alternativement les étrangers et le vieillard ; cependant celui-
ci, pour fêter une réunion si inespérée
dans sa retraite , proposa une colla-
tion , et bientôt on se rapprocha de
lui , en formant cercle autour d'une
table qui fu couverte par le vieux
domestique de gâteaux , de fruits
et de vins choisis. La confiance ne
pouvait exister encore entre des personnes qui se connaissaient à peine ,
et que le hasard avait fait se rencontrer ; aussi les premiers sujets de conversation n'eurent-ils rien de particulier ; chacun parlait de ses opinions,
de ses sentimens, sans entrer dans aucun fait personnel. Mareska s'exprimait avec grâce et facilité; ce qu'elle

disait avait un mélange de sérieux
et de légèreté qui s'éloignait autant
de la futilité que du pédantisme ; mais
on sentait dans le fond de sa pensée des idées morales qu'elle eût
pu traiter avec supériorité ; son langage n'avait aucune affectation , et
prenait par instant l'accent de l'enthousiasme. Alors la conviction se joi-
gnait au charme que l'on goûtait à
l'entendre, et elle finissait par persua-
der ceux qu'elle avait séduits d'a-
bord. Ce feu qu'elle semblait contenir dans son imagination se répandait autour d'elle , presqu'à son
insu, et Oscar lui-même , cédant à
cette influence, recouvra une partie
de ses facultés ; il mit de la chaleur

dans ses discours, et s'il se taisait souvent , ce n'était plus que pour écouter davantage. Le vieillard paraissait éprouver un vif plaisir, et s'écria tout à coup : — Nous avons tous respiré le même air à notre naissance , le même ciel a frappé nos premiers regards, nous sommes frères! comment ne nous entendrions - nous pas ? — Comme il finissait ces mots, Oscar regarda plus attentivement Mareska , et fut frappé de la ressemblance qu'elle lui offrait dans ce moment avec Edile ; son ajustement déoent, ses yeux voilés par de longues paupières et le léger incarnat qui venait de couvrir ses jours lui rendaient comme le reflet de cette image long-temps chérie. Il tressaillit ; mais bientôt Mareska captiva toute son attention. Il entendit qu'elle disait à l'ermite en posant sa main sur la sienne : — Les exilés se retrouvent et se consolent, et la patrie existe où l'on se sent moins malheureux. — Ah ! dites plutôt qu'elle est là haut, repartit l'ermite en élevant ses regards vers le ciel ; dans ce séjour où nous attendent ceux que nous avons aimés sur la terre ! — Une profonde tristesse venait de remplacer la conversation animée et brillante qui avait suspendu les souvenirs de toutes ces personnes réunies, et l'intérêt qu'elles commençaient à prendre les unes pour les autres se fondait dans l'idée de

leur propre malheur. Un silence
expressif révélait leurs pensées.....
Le vieillard le rompit en s'adressant au comte : — Depuis quelques
jours, lui dit-il, je forme le projet
de vous faire connaître les événemens qui ont empoisonné une
longue suite des années de ma vie ;
ce serait, je l'avoue, une douceur
pour moi de trouver dans vos cœurs
la tendre compassion que commande
le genre de mes souffrances ; et vos
larmes répandues sur mon sort...
sur celui d'un autre... ah ! moins
à plaindre sans doute, verseraient
quelque baume sur ma blessure ;
mais le courage m'abandonne, et je
ne puis même encore raconter ma

douleur. — En même temps il se leva en invitant Mareska, qu'il appelait sa fille, à faire aux deux étrangers la triste confidence qu'il avait versée dans son sein. Elle le promit, et le vieillard se retira, disant qu'il se trouvait mieux, quoiqu'il eût besoin de quelques instans de repos.

Mareska prit alors la parole; elle dit d'abord comment le hasard l'avait amenée près de cet homme infortuné, à quel point elle s'était trouvée touchée en le reconnaissant pour un compatriote; comment l'indulgente amitié qu'il lui avait accordée le lui avait rendu cher; et enfin, par quel bonheur elle était parvenue à apporter quelque soulagement à ses peines : en=

suite elle parut recueillir ses idées, et, conformément aux désirs du vieillard, elle raconta son histoire en ces termes :

« La famille Olaüs est ancienne en Suède, et ce nom reparaît d'une manière honorable dans plusieurs pages de l'histoire de ce pays : vous venez de voir le dernier rejeton de ce sang illustre; il était fils unique et désiré depuis long-temps; mais sa naissance fut marquée par un accident qui troubla la joie à laquelle s'était d'abord livrée sa famille ; la comtesse Olaüs perdit la vue en donnant la vie à Edgard; cependant elle crut n'avoir point trop payé le titre si doux de mère, et son amour augmentant par les privations qu'allait lui causer innocemment cet enfant, elle se voua à son éducation, à son bonheur, avec une passion presqu'exclusive, le nourrit, l'éleva, et écarta de lui toute influence étrangère. Le jeune Edgard répondant à tant de soins par un respect et par une tendresse qui ne firent que se fortifier avec l'âge, il apprit à voir, à sentir avec sa mère, et leurs deux cœurs n'en firent qu'un.

» Le caractère doux et timide d'Edgard le rendit docile aux sages instructions qu'il recevait; il suivit sans effort l'exemple qu'il avait sous les yeux; ainsi toutes les vertus et tous les biens de la vie environnèrent son heureuse enfance.

» De grands troubles survinrent dans sa patrie (1) à l'époque de son adolescence ; c'était au temps mémorable où Stenon périt dans le combat qu'il livra à Christiern ; et lorsque la Suède venait de tomber sous sa cruelle domination, le clergé, favorisant ses vues , empêchait l'élection d'un autre administrateur (2) qui eût rallié les troupes dispersées et soutenu le parti de la noblesse.

» Tandis que le peuple presqu'entier pliait sous le joug du roi de Danemarck , et que celui-ci s'avan-

(1) Historique.
(2) On nommait ainsi les premiers souverains en Suède.

çait à grands pas vers Stockholm , la veuve de Stenon s'était retirée dans cette capitale , et tout ce qui lui restait de sujets fidèles l'y suivit. Olaüs fut alors choisi pour commander la défense de cette ville ; il s'y disposa, et dans l'incertitude des événemens, il résolut de mettre son épouse et son fils en sûreté. Edgard eût désiré partager les dangers de son père., mais il était trop accoutumé à respecter sa volonté pour oser lui résister dans cette occasion. Les alarmes et les pleurs de sa mère, s'offrant à son imagination, lui rendirent bientôt son obéisance moins pénible.

» La comtesse emmena son fils

dans une retraite modeste et sûre ;
où ils attendirent avec anxiété des
nouvelles d'Olaüs et du siége dont
il avait la conduite. La seule étude
d'Edgard dans cette solitude fut
d'adoucir la position de sa mère ;
sa pensée, presque inactive jusqu'a-
lors, parvenait à créer mille moyens
pour éloigner d'elle l'idée de ses
peines et les vives inquiétude que
lui donnaient les circonstances. Jamais elle n'avait d'autre guide dans
ses promenades que ce fils pieux
et tendre, jamais une autre voix
que la sienne ne lut la Bible à
ses côtés : il réparait de tout son
pouvoir un mal dont sa naissance
avait été la cause, et jurait dans son

cœur de dévouer son existence à
ce devoir de l'amour et de la nature.
Le ciel reçut cette sainte promesse,
et le moment de la remplir ne tarda
point à arriver.

» Edgard allait compter dix-huit
ans ; il n'avait encore rien aimé que
les chers auteurs de ses jours ; il vit
Bathille, et son âme fut partagée.
Cette jeune fille lui avait été promise
en naissant, mais ils ne se connaissaient point encore. Le père de Bathille, proche parent d'Olaüs, habitait
la Norwége, et venait offrir à sa famille un asile pendant le cours des
événemens dont la connaissance était
parvenue jusqu'à lui. La comtesse ne
consentit point à quitter le lieu que

lui avait assigné son époux : toutefois
elle retint son parent et la jeune Bathille auprès d'elle , nourrissant déjà
un projet qui , pour se réaliser, n'attendait que l'aveu d'Olaüs.

» C'est pendant ce séjour que les
jeunes gens s'unirent par la plus
étroite sympathie; leur jeunesse , leur
innocence leur dérobaient les dangers
qui de toutes parts les menaçaient ;
et quand l'orage grondait au-dessus
de leur tête , ils s'abandonnaient aux
charmes du plus pur sentiment et
à l'espoir d'une union prochaine. La
tendre et naïve Bathille chérissait tout
ce qu'aimait Edgard ; elle rivalisait
avec lui d'attentions pour sa mère
aveugle , et quand Edgard réclamait

sa tendresse et sa main , c'était toujours à condition qu'ils ne se sépare-
raient jamais de cette mère adorée.

» Cependant Olaüs annonça son
retour à la comtesse ; il lui apprit ,
avec le chagrin d'un homme qui préfère la liberté à la vie , que la veuve
de Stenon , pressée par les magistrats
et par les consuls , venait de faire un
traité avec le roi de Danemarck, et que
la nation avait capitulé aux conditions
les plus humiliantes ; que pour lui ,
désespéré de l'inutilité de son zèle ,
il allait attendre près d'elle un moment plus favorable à ses desseins. Il
quitta donc les amis qui en son absence et dirigés par lui devaient agir
pour l'honneur et le bien de l'Etat.

Toutefois, le succès était incertain et l'entreprise dangereuse ; le comte Olaüs, rempli de sinistres pressenti-mens, approuva le désir qu'avait conçu la mère d'Edgard d'éloigner son fils ; il la pressa même de l'accompagner en Norwége, mais le devoir et la tendresse l'attachaient au sort de son époux ; elle était résolue de le partager, quel qu'il fût. Edgard, instruit de la décision de ses parens, sentit son cœur se déchirer. Ah ! fallait-il pour la première fois quitter sa mère... ! il gémit, versa des larmes, la suppliant de révoquer un ordre aussi pénible. On lui avait caché avec soin tout ce que les circonstances laissaient concevoir d'inquiétudes, et

1 *

pourtant Edgard ne pouvait se ré-
soudre à remettre en d'autres mains
les saints devoirs qu'il avait remplis
jusqu'à ce jour. Il n'y a point de
faiblesse dans le cœur d'un père qui
veut sauver du malheur le fils qu'il
aime ; il fallut céder à une autorité
sévère en apparence, et dont le motif
était si tendre ! Edgard, après avoir
reçu la bénédiction de ses parens,
suivit Bathille et son père auquel il fut
recommandé.

Les jours qui suivirent son départ
furent marqués par les événemens que
le comte Olaüs n'avait que trop pré-
vus. Ses projets furent découverts ;
il fut convaincu de trahison envers
Christiern, devenu son souverain, et

enlevé de sa retraite ainsi que l'é-
pouse dévouée qui, pour lui, avait
fait le sacrifice d'elle-même.... Tous
deux, conduits à Stockholm, furent
enfermés séparément et traités avec
la plus grande rigueur; bientôt après
Olaüs fut condamné à mort et sut
échapper aux tourmens que lui pré-
paraient ses bourreaux, en s'empoi-
sonnant dans sa prison, moins pour
se dérober au supplice que pour
s'épargner le spectacle cruel de sa famille entraînée par lui à l'échafaud;
la comtesse, ignorant l'arrêt de son
époux et sa fin terrible, languissait
douloureusement dans un étroit ca-
chot, où quelquefois des idées d'es-

pérances venaient se mêler à sa rési-
gnation.

Que faisait alors le bon et simple
Edgard ? Il attendait près de son
amie que son père le rappelàt , il
comptait les jours avec tristesse ,
malgré les douceurs qu'il trouvait
dans la vue de Bathille. Tout à coup,
le bruit de l'arrêt porté contre la famille Olaüs arrive jusqu'à lui : il est
condamné lui-même ; il le sait , il
l'entend ; c'est un serviteur fidèle qui
lui apporte cette nouvelle effrayante
pour un autre cœur que le sien.
C'est alors qu'un sentiment profond
subjugue son caractère ! déjà son père
n'est plus ! mais il peut du moins périr
avec sa mère, et il part. — Adieu ,

Bathille, s'écrie-t-il ; je ne pouvais plus te quitter que pour mourir ! — Il fait avec la rapidité que donne le désespoir le trajet douloureux qui le sépare du cher objet de son premier amour. — Ah ! ma mère, repète-t-il, je ne voulais pas m'éloigner ; mon cœur semblait m'avertir que le malheur te frapperait lorsque nous serions séparés. Grand Dieu ! arriverai-je assez à temps pour mêler mon sang à celui qui me donna la vie !

Enfin, Edgard aperçoit Stockholm, cette ville qu'il regarde comme son tombeau ; il n'y voit rien que les murs de la prison où sa mère existe peut-être encore. Affreuse in-

certitude ! il est au pied de cette
funeste tour, il y touche..... et n'a
encore osé interroger personne. Cependant l'excès de sa douleur lui
rend un peu de hardiesse ; il se fait
connaître aux gardiens de la tour, et
demande, en frémissant, à voir la
comtesse Olaüs : cette grâce ne lui
est point refusée. — Jusqu'au moment
de l'exécution, lui dit-on, il lui est
permis de communiquer avec les personnes qu'elle voudra bien admettre
en sa présence. — Elle est donc con-
damnée à la mort ! Quelle lumière !
Quels mots pour un fils ! Mais elle
vit encore....! Edgard vient de l'entendre sans donner aucune marque
de joie ni de douleur. Il réunit ses

esprits ; il prie le ciel de l'inspirer
dans cet affreux moment : les mains
jointes avec ferveur, il demande de
vivre un seul jour...! Cette âme timide se trouve tout à coup changée ;
la douleur l'exalte , ou plutôt l'idée
d'un devoir y fait pénétrer un courage surnaturel.

» A peine vient-il d'adresser à Dieu
son ardente prière , qu'il aperçoit
les ministres de la mort qui vont
porter à la veuve d'Olaüs son arrêt ,
et lui annoncer qu'elle doit le subir
dès le lendemain. A cette vue, Edgard
se précipite sur le passage de ces
hommes rarement pitoyables, il les
solicite, il les conjure de ne point
avancer davantage. — Je suis le fils

de cette infortunée, leur dit-il avec une voix suppliante ; épargnez sa vieillesse.... Ah ! laissez-moi la tâche pénible de lui signifier que l'on a disposé de sa vie. Je jure de remplir l'objet de votre mission et de vous remettre à l'heure fatale la victime innocente que vous avez proscrite de la terre. — Edgard forme de son corps un obstacle aux pas de ces hommes, que l'inflexible loi commande ; il prodigue l'or, et, contre son attente, leurs cœurs s'amollissent ; ils balancent, se consultent et cèdent ; enfin, ils ont consenti à retarder de remplir leur triste message, jusqu'à qu'Edgard ait obtenu la permission qui doit les en dégager tout-à-fait, et se sont retirés vaincus par ses pleurs, et pleins d'admiration pour le sentiment qui l'anime.

» Aussitôt que le jeune Olaüs a obtenu la précieuse faveur qu'il avait si vivement sollicitée, il commande au désir qu'il a d'embrasser sa mère, et volé chez les sénateurs anciens amis de sa famille. Partout il sollicite, partout il implore, sans songer au danger qu'il court lui-même, et dont il a été prévenu : à peine pense-t-il à cet oubli qui lui laisse encore sa liberté. Cependant il apprend que le jugement porté contre lui a été commué en un bannissement perpétuel ; mais, hélas ! aux sombres discours qu'il recueille, il voit trop que ses démarches seront infructueuses , et qu'il n'est point d'espoir de sauver sa mère ; il ne lui reste plus qu'un moyen ; tous les autres ont été employés sans succès : Christiern est à Stockholm ; Edgard osera s'exposer à son courroux : peut-être lui arrachera - t - il un acte de clémence, de justice...! Il parvient jusqu'à lui , et cherche à l'attendrir en lui peignant la vie paisible et vertueuse de celle qui lui donna le jour, sa situation, son innocence, et le malheur qui l'a privée de la vue depuis dix-huit ans : il demande pour elle une fin plus douce : son éloquence naïve, inspirée par le plus tendre amour filial , arrache des larmes aux assistans ; le

tyran seul n'en est point ému ; il
méprise la jeunesse du fils d'Olaüs,
se rit de ses douleurs, et demeure iné-
branlable. Edgard n'a point nommé
son père dans la crainte d'irriter
Christiern, et celui-ci sans pitié in-
sulte à la mémoire d'Olaüs; il appelle
traître l'homme qui, voulant sauver
sa patrie, ou du moins la défendre
contre un usurpateur, a payé de sa
vie un si noble dessein. Le crime ne
sait pas honorer la vertu d'un ennemi
qui n'est plus. Il faut des victimes à
la fureur de Christiern, et la mère
d'Edgard doit subir son arrêt.

» Son fils contient encore l'excès de
sa douleur ; ses larmes sont arrêtées
par l'effet du désespoir, et sa bouche

ne s'ouvre plus que pour implorer
une dernière grâce : il demande d'accompagner sa mère, de la conduire
au supplice, et d'être seul chargé de
lui annoncer son sort. Ce vœu paraît
de peu d'importance ; il est à demi
entendu par le tyran importuné de la
présence d'Edgard ; et cette disposition favorise le plan qu'a conçu ce
fils malheureux à l'instant où toute
espérance lui manque.

» Abattu, il retourne à la prison
de sa mère infortunée ; une sueur
froide inonde son visage, et la mort
est dans son sein : cependant un courage héroïque le soutient encore, et
durant vingt-quatre heures ce senti-

ment produit en lui des effets mira-
culeux.

» Edgard avait appris du geôlier
que la comtesse ignorait la mort de
son époux, ainsi que le sort dont elle
était menacée ; elle espérait chaque
jour voir arriver celui de sa délivrance, car elle se reposait sur l'innocence de ses intentions ; sa douceur,
sa haute piété avaient imprimé à ses
gardiens un respect dont ils ne s'é-
taient jamais écartés envers elle, et
aucun d'eux n'avait eu le courage
de lui apprendre ce qu'elle avait à déplorer et à craindre.

» Edgard voulait profiter de cette
ignorance, et prolonger l'erreur de sa
mère pour lui éparguer s'il était pos-

sible les horreurs du supplice, et éloigner d'elle l'agonie de l'âme, mille
fois plus douloureuse que la souffrance
même ; mais un combat s'éleva dans
le cœur d'Edgard , et suspendit quelques instans l'exécution de son dessein. Il avait été élevé dans les principes religieux qui jusqu'alors lui
avaient paru aussi faciles dans leur
pratique qu'ils étaient sacrés ; son
âme en était remplie , et il savait
aussi combien cette religion conso-
lante et sublime était chère à sa mère;
devait-il en négliger les devoirs au
moment suprême où l'homme infortuné s'appuie sur elle pour soutenir
la plus douloureuse des épreuves; au
moment où , prêt à paraître devant

l'Eternel, la conscience sent le besoin
de se purifier de ses moindres souil-
ures? Cet espoir de réconciliation accordé au chrétien sera-t-il rejeté par ce
fils croyant, mais faible..? Edgard re-
passe dans sa mémoire toutes les vertus de cette mère qui ne vécut que
pour son Dieu, que pour ses devoirs;
il ose tout se promettre de la clémence
divine, et la plus vive tendresse
l'emporte sur le Ciel même. Edgard
n'est plus qu'un fils dévoué, que les
circonstances ont réduit à rejeter la
plus puissante des consolations... —
Ah! ma pauvre mère! s'écrie-t-il, je
te sauverai les angoisses de la mort;
non, je n'ai pas assez de vertu pour
te livrer aux horreurs qui t'environ-

nent ; je n'appellerai pas près de toi un ministre du Seigneur qui t'apprendrait quelle route horrible s'ouvre pour toi jusqu'à l'éternité ; mais je t'abandonne avec confiance à ce Dieu juste et bon qui connut et forma ton cœur.... Il dit, et plein de ce projet inspiré par l'amour filial le plus exalté, Edgard entre chez la comtesse ; il la presse contre son cœur ; après les premiers momens de cette réunion touchante et la surprise délicieuse qu'elle causa à la veuve d'Olaüs, son fils parla de leurs infortunes comme si elles étaient à leur terme ; ensuite il répond à ses questions sur son père, sur le succès de sa défense, et parvient à la tromper avec le ton de la

confiance, et même du bonheur ;
ce mensonge ne souilla point sa bouche, la source en fut trop pure, et les
anges purent l'entendre! — Demain,
ô ma mère! est le grand jour qui doit
vous réunir à l'époux que vous pleu-
rez, lui dit-il : prions le Ciel pour
qu'une félicité durable suive ce temps
d'épreuves et de mortelles angoisses.
— Alors il se met à ses côtés, et pendant qu'elle rend à Dieu mille actions
de grâces de la joie inespérée qu'il lui
accorde avec la présence de son fils,
Edgard, prosterné à genoux, demande
pour elle la couronne céleste qu'elle a
méritée par ses vertus et par ses douleurs... Ah! qui peut rendre ce qui
se passa dans l'âme du malheureux

Edgard dans ce moment religieux et
solennel ! Cependant il ne faiblit pas ,
il parle de Bathille, de leurs projets à
venir ; la nuit arrive au milieu de cet
épanchement si doux d'un côté, si
pénible de l'autre. Le fils d'Olaüs feint
de n'avoir obtenu la mise en liberté
de la comtesse que pour le lendemain,
et obtient aisément de veiller près
d'elle pendant cette nuit qui sera la
dernière de leur infortune : ainsi le
croit du moins la mère d'Edgard. Eh !
comment consentirait-elle à retomber
dans l'isolement, après avoir em-
brassé son fils ? En pressant sa main
elle perd le souvenir de ses maux
passés ; des idées calmes et paisibles
s'emparent d'elle ; pour la première

fois, depuis qu'elle occupe cette prison, les funestes pressentimens s'évanouissent de son esprit, et elle s'endort dans la paix et l'espérance.

» C'est à la lueur d'une faible lampe, qu'Edgard contemple ces traits chéris et vénérés, que sa bouche jeune encore caressa si souvent ; ils sont flétris par l'âge, surtout par de longues et vives inquiétudes ; mais ils respirent toujours la bonté, la douceur qui les caractérise. Le cœur d'Edgard se brise en voyant ce sein qui l'a porté, qui l'a nourri, se soulever bientôt pour la dernière fois. Il meurt de douleur à chaque minute de cette affreuse nuit. A mesure qu'elle s'écoule, le frémissement qui parcourt ses veines augmente et devient inexprimable ; mais il se ranime par la noble idée du devoir qu'il va remplir ; les faiblesses de l'humanité cèdent à la tendresse filliale ; Edgard n'a plus qu'un but dans la vie, et il rassemble toutes les forces de son âme pour y arriver.

» Hélas ! elle repose , l'infortunée comtesse ! les rêves du bonheur calment son sang , et ses lèvres ont prononcé les noms de son époux et de son fils... Le jour marque son réveil; elle sourit à la voix de cet Edgard qui lui est rendu.

» C'est alors que commence le rôle sublime qu'il s'est imposé. Le roulement des tambours , le bruit des

armes, celui d'un rassemblement qui
grossit à chaque instant , tout se
trouve expliqué par lui de manière à
fortifier l'erreur de sa mère ; il dit que
l'heure a sonné pour sa délivrance ;
et, la soutenant dans ses bras, guidant
sa marche chancelante, il franchit ces
longs corridors et le seuil de la dernière porte de sa prison. Les regards
du jeune Edgard supplient tous ceux
qui l'entourent : ils semblent dire : —
C'est ma mère, ah ! retenez vos in-
jures ou vos larmes , qu'elle ignore
sa condamnation..... Laissez-lui une
illusion qui sera si cruellement dé-
truite... — Il s'est assuré des geôliers,
des gardes , par l'argent qu'il a répandu. Il voudrait maintenant capti-

ver tous les cœurs, et leur faire
éprouver cette pitié qui peut l'aider
dans son projet. La voiture qui doit
entraîner la comtesse à l'échafaud est
arrivée ; Edgard suppose qu'elle est
là par ses ordres et doit les mener
bientôt près d'Olaüs! S'il tremble, c'est
de la crainte que des retards occasion-
nés par l'âge ne viennent éclairer
l'objet de son dévouement et ne ren-
dent ces efforts inutiles, en lassant la
patience de ses gardiens ; une brus-
querie, un mot, pourraient détruire
l'effet qu'il attend de sa sollicitude.
Cependant la voiture funèbre roule
lentement et montre à la Suède éton-
née un fils à peine sorti de l'enfance,
qui commande à sa timidité, à sa

douleur, pour délivrer sa mère des
angoisses cruelles qui précèdent la
mort. A cette vue, les cris de la multitude ont cessé, un silence respec-
tueux annonce l'impression que cause
la pieuse intention du jeune Olaüs :
on le devine, on l'admire et on se
tait. Le même cortége l'accompagne :
mais c'est presque un hommage rendu
à son héroïsme. Les mères versent
des larmes, les fils frémissent ; tous
sont attendris ; bientôt une consternation générale se manifeste ; le
peuple, témoin des cruautés inouïes et
trop répétées de Christiern, commence à sentir plus vivement son
joug et son malheur, en voyant que
l'innocence et la vertu ne trouvent

point grâce à ses yeux ; et le supplice de la comtesse est comme le triomphe d'un martyr. Pendant cette marche lente et prolongée, la veuve d'Olaüs a cru saisir quelques sanglots sur son passage. Edgard, en retenant les siens qui sont prêts à briser sa poitrine, les explique encore, et leur attribue une cause simple qui console sa mère plutôt qu'elle ne l'afflige ; elle se plaint de l'impression de l'air, de la fatigue qu'elle éprouve ; son fils l'encourage encore, lui prodigue ses caresses, et continue à la tromper avec un saint empressement. Il est parvenu ainsi à la conduire jusqu'au pied de l'échafaud ; lui-même l'enlève de la voiture, ses forces sont doublées, et jusqu'au dernier moment personne n'approchera de cette mère adorée.— Où sommes-nous, mon fils ? demanda-t-elle. — Bientôt près de mon père.., répond-il. — Pourquoi ce bruit sourd qui semble nous poursuivre ? — Le silence de la prison vous le rend plus considérable , et dans les rues de Stockholm c'est ainsi qu'il se fait entendre habituellement. — La comtesse est satisfaite ; elle prend la main de son fils en lui souriant encore. Il faut monter les hautes marches qui conduisent à l'échafaud... — Courage , ma mère , dit ce fils étonnant, nous touchons au terme de nos maux. Appuyez-vous sur moi , que nous montions ensemble..... — Il s'arrête

2 *

alors, car un mot de plus ouvrirait
son âme... Ah ce n'est pas l'instant
de se trahir! Il lève les yeux vers le
Ciel et semble lui demander de bénir
son action et de soutenir ses forces
prêtes à lui échapper. Cette invocation
mentale est à peine finie, qu'il en-
toure de ses bras le corps de sa mère
bien aimée; il la porte, l'entraîne,
malgré de faibles murmures que lui
arrachent la vivacité de ce mouvement et la surprise qu'elle lui cause.
Tout à coup une main forcenée la
saisit, une autre armée d'un fer fatal
est suspendue sur sa tête. — Où me
mènes-tu donc, cher Edgard? mon
fils? s'écrie la comtesse. — A l'éternité ! ma mère, répond-il en se

jetant sur son sein ; et il y reste évanoui...... La tête de la veuve d'Olaüs tombe, elle avait rejoint son époux... »

Mareska s'arrêta en cet endroit : une émotion dont elle n'était point maîtresse lui coupa la voix ; Oscar venait de jeter un cri terrible, et Ramire sentit redoubler ses larmes, qui n'avaient cessé de couler en abondance pendant ce récit trop fidèle ! Quelques instans d'un silence douloureux succédèrent à cette pénible relation ; enfin Mareska reprit la parole , et continua ainsi : « Lorsqu'Edgard revit la lumière, il reconnut Bathille et son père, qui , l'ayant suivi dans sa marche précipitée , étaient

arrivés à Stockholm le jour du funeste
événement qui devait porter un
deuil éternel dans cette malheureuse
famille. Le serviteur dont le zèle avait
déterminé le pieux dévouement du
fils d'Olaüs était aussi près de lui ;
quelques amis l'entouraient ; il était
devenu pour tous un objet d'intérêt
et d'admiration : mais Edgard ne vit
que les pleurs de Bathille , elles seu-
les arrivèrent jusqu'à son cœur ; du
reste , il était mort à toute sensation,
et le glaive qui avait frappé sa mère
semblait l'avoir atteint en même
temps. Une morne stupeur avait remplacé ces élans mêmes d'une douleur
excessive ; son visage décomposé ne
conservait rien de la jeunese , et ses

cheveux avaient blanchi dans ces
deux jours où Edgard s'était montré le
héros de l'amour filial. La nature, épui-
sée par un effort qui passait les bornes humaines, avait repris ses droits ,
et pendant long-temps sa raison fut
comme aliénée. Insensible à la perte
de ses biens, qui avait suivi sa pro-
scription , il ne s'occupait plus d'une
vie qu'il gémissait d'avoir conservée,
et une stupide indifférence le portait
à se soumettre à tout ce qu'on désirait de lui.

» Le père de Bathille, ayant obtenu,
non sans peine, un sursis à l'exécution
du jugement porté contre Edgard ,
l'emmena dans sa famille, et lui donna
les soins que commandait un état aussi

déplorable. Cependant, lorsqu'il le crut plus tranquille , il ne craignit pas de lui enlever l'unique consolation qui pouvait lui pparaître douce encore dans son malheur ; il éloigna sa fille... Hélas ! l'infortune d'Edgard et sa triste situation , loin de diminuer l'amour de Bathille , l'avaient porté jusqu'à l'exaltation ; elle l'eût suivi dans son exil. Pour lui elle eût affronté les dangers et la' mort même ; car elle sentait que sur la terre Edgard n'avait qu'elle seule ! et cette pensée le lui rendait encore plus cher. Cette disposition , si naturelle dans une âme vraiment tendre , effraya son père ; il était touché des vertus de son parent ; mais don-

ner sa fille à un banni ! perdre l'espoir
de finir ses jours près d'elle ! et la voir
traîner une existence misérable , lorsqu'il n'avait consenti à cette alliance
que pour assurer sa fortune et son
bonheur... ! Ces considérations ne
purent balancer la promesse qu'il
avait faite ; il la rompit : la craint e
d'ailleurs se mêlait à une ambition
peut-être excusable dans le cœur
d'un père ; il redoutait que les ministres du nouveau roi ne l'envelop-
passent dans les malheurs d'Olaüs ,
et ces calculs trop motivés par les
circonstances le rendirent à la fois
faible et cruel.

» Il sépara Bathille de son amant ;
malgré ses supplications et ses larmes,

elle fut contrainte de l'abandonner lorsqu'il reprenait le sentiment du passé, et que ses blessures se rouvraient par le souvenir. Pauvre Edgard! que devint-il en perdant la vue de celle qu'il aimait! Son absence prolongée, que l'on colorait à peine d'un prétexte, ne tarda point à lui apprendre qu'un homme aussi accablé que lui par le destin ne pouvait prétendre à un dédommagement si parfait, et que l'adieu qu'il avait prononcé au départ de Bathille était le dernier de sa vie; se rappelant en même temps sa tristesse, ses sanglots, il ne l'accusa point, et comprit trop que son frère avait ordonné ce sacrifice et leur malheur.

» Edgard n'avait plus de larmes ; le coup affreux dont il avait été frappé avait pour ainsi dire atténué d'avance la force de ceux qui venaient encore s'appesantir sur lui. Il se regarda comme repoussé par la nature entière , indigne de voir le jour après avoir conduit lui-même sa mère au supplice ; maudissant jusqu'à son héroïsme, il étouffa sans pitié les murmures qui auraient pu soulager encore son cœur. Ses maux surpassaient presque son courage. Le malheureux Edgard aurait pu défier le sort et les hommes d'en augmenter l'amertume ; il eût souri peut-être au cruel Christiern, en sentant qu'il n'avait plus le pouvoir d'ajouter à ses tourmens ; car le dés-

II. 3

espoir aussi a son rire, mais il est
affreux.

» C'est alors qu'Edgard résolut de
hâter son dernier sacrifice, et de
s'exiler avant le terme qui avait été
accordé à la sollicitation de ses amis.
— Allons mourir sur une terre étrangère, se disait-il, et porter mes douleurs et ma misère loin de mon ingrate patrie. Olaüs, ô mon père ! et
vous, ma mère... ! je n'humecterai
point de mes pleurs la tombe qui
couvre vos corps sanglans; mais la
vue du ciel où vous résidez se mon-
trera partout à moi... Ah ! c'est là,
qu'il faut appeler votre fils...; c'est là,
Bathille, que j'irai t'attendre !

» Absorbé par une souffrance sans

égale, Edgard n'avait point songé à ses moyens d'existence sur un sol étranger. Les offres du père de Bathille ramenèrent sa pensée sur ce sujet, et ce fut pour refuser celui qui semblait vouloir le dédommager, après lui avoir ôté le seul bien qui pût lui être cher. — Tu m'as ravi tout ce qui pouvait me faire supporter la vie, tu livres mon cœur à l'abandon, au désespoir, lui dit-il; ah ! garde tes trésors aussi.... Je saurai travailler ! est-ce donc un mal après ce que j'ai souffert...?

» Cependant Edgard connut que toute consolation ne lui était point enlevée, et qu'il lui restait un ami.

dans un serviteur fidèle. Avant qu'on
eût mis les scellés sur les papiers du
comte Olaüs, cet homme honnête et
dévoué avait trouvé le moyen de sous-
traire à la hâte le portefeuille de son
maître, et par cet important service
il avait réussi à sauver une partie de sa
fortune. Edgard, recevant ce dépôt
des mains de son serviteur, sentit
encore un mouvement de joie en songeant qu'il allait partager avec un
être sensible et généreux ce qu'il
lui devait entièrement. En effet,
l'auteur d'une si noble action ne
voulut point le quitter; il partagea sa rigoureuse destinée en s'ex-
patriant.

» Edgard fit passer à l'inconsolable

Bathille l'assurance d'un regret et d'un amour éternel; et bientôt, dépassant les frontières de Suède du côté de la Finlande, il toucha celles de Russie. Après avoir erré longtemps aux environs d'Olonetz et de Wibourg, en cherchant quelque retraite où il pût rester solitaire, il fixa sa demeure dans une grotte formée par la nature, non loin du lac Ladoga, et proche l'ancienne ville de ce nom : c'est là qu'il cacha à tous les yeux le chagrin dont il était dévoré, sans que jamais la réflexion, si salutaire dans les maux ordinaires de la vie, parvînt à calmer l'amertume des siens. Ils furent comblés par la seule nouvelle qui arrivât jusqu'à lui, quelque temps après son départ de Suède. Bathille , n'avait pu supporter la douleur de leur séparation, ni l'idée de l'isolement d'Edgard; succombant à tant de peines réunies, elle périt à l'aurore de sa vie, en pardonnant à son père, mais en pleurant son ami... Edgard restait seul au monde ; ce cœur qui l'avait chéri n'était plus ; son regard errant vers l'horizon ne rencontrait plus un point où il pût se reposer... Hélas ! quand à travers l'espace on peut fixer encore sa pensée et son cœur ; lorsqu'on peut dire : là existe un être auquel je suis cher, il est possible d'aimer sa douleur : ce n'est que celle qu'ap-

porte la mort de cet objet adoré,
qui puisse laisser sans douceur
comme sans espérance. C'est alors
que la vaste étendue de l'univers
n'est plus qu'un désert.

» Edgard reçut ce coup inattendu ,
et ne put mourir ; le Ciel voulait
sans doute qu'il méritât, par une rési-
gnation égale à sa souffrance , d'être
réuni aux objets de sa tendresse :
cette idée, lorsqu'elle arriva jusqu'à
son cœur, le soutint, et par la
suite lui fut toujours présente. Il
n'envisagea la plus longue vie que
comme un voyage dont le but réa-
liserait son unique désir.

» Renonçant donc, bien jeune
encore, à toute affection tendre, à

toute espèce de lien, il s'éleva par la pensée vers ce séjour immortel dont sa mère lui avait tracé une route si pénible, et où l'attendait tout ce qu'il avait aimé sur la terre.

» La religion lui prêta son secours puissant ; elle vint encore une fois sauver un malheureux des excès de son désespoir ; et, lorsque les années eurent cicatrisé ses blessures long-temps saignantes, Edgard joignit à la contemplation et à la lecture des livres pieux quelques occupations qui tenaient aux arts mécaniques, dont il s'était fait un amusement aux jours de sa jeunesse. Il vieillit de bonne heure ; car il avait beau-coup vécu pour la douleur, et demeura toujours inconnu dans ces contrées : les bienfaits qu'il répandait parmi les pauvres dont il était environné passaient par les mains de son fidèle serviteur, et l'on bénissait le bon ermite sans savoir qui il était.

» Quelques-uns, le prenant pour un caloyer (1) qui avait adopté ce genre de vie par mortification, venaient lui demander des prières dans les temps de calamités : sa haute réputation de sainteté avait également attiré Mareska. » Elle termina son récit en faisant l'éloge du vertueux Edgard, ajoutant que, malgré sa misan-

_____

(1) Moine grec.

thropie , il conservait toujours cette
âme sensible et tendre qui lui avait
inspiré l'action la plus sublime , et
que, quoiqu'elle se fût aperçue quelquefois d'un peu d'irascibilité dans
son caractère, qui tenait sans doute à
ses longues infortunes, le fond de son
cœur était l'indulgence et la bonté
même.

Ramire se rappela l'effet qu'avait
produit sur le malheureux Edgard
la vue de l'arme que portait le
comte à leur première entrevue ;
il conçut alors la cause de cet
effroi involontaire, et ne savait quelle
expression donner à la pitié qui
s'était emparée de lui pendant cette
intéressante narration. Oscar , en

pensant à sa mère, sentit bien davantage encore l'héroïsme de ce
fils infortuné. Il avait mis la plus
grande attention à ne rien perdre
des paroles de Mareska , et reconnut
presque malgré lui qu'un fait aussi
touchant avait conservé dans sa
bouche tout l'intérêt qu'il était
susceptible d'inspirer. En effet, elle
avait exprimé les tortures du cœur
avec un accent de vérité qui le fit
frémir plus d'une fois ; sa pâleur et
ses sanglots étouffés avaient porté au
comble l'attendrissement d'Oscar. Il
ne se lassait point d'entendre Mareska, et de déplorer avec elle les maux
de leur ami. Un charme inconnu se
glissait à travers les soupirs qui

soulevaient sa poitrine oppressée. Ah! jamais la tristesse ne lui avait paru si remplie de grâce et de douceur! En voyant Mareska sous un aspect si différent, il perdit un peu de sa sévérité. — Quel dommage, se disait-il pourtant, que les hommages et les flatteries du monde se réunissent pour gâter les sentimens purs et vrais! car leur influence empoisonne et corrompt tout........ jusqu'à la tendre pitié. — Il se peignit aussitôt Mareska en butte aux regards de la multitude, jouissant orgueilleusement de ses triomphes, ne conservant aucune impression des malheurs qu'elle venait de peindre avec tant d'éloquence et de sensibilité. — Les

femmes, pensa-t-il, aiment à s'attendrir.... ; mais leurs-larmes mêmes ne
sont pas toujours un garant de leur
sincérité.—Cette réflexion le rendit à
toute sa froideur; il se replia dans son
âme comme pour expier par une
plus grande réserve l'entraînement
passager auquel il avait cédé, et
dont il venait de se faire un reproche.

On vint leur dire, dans ce moment, que le vieillard s'était en-
dormi d'un sommeil profond; et
comme il se faisait tard, Mareska
se leva pour regagner la ville, après
avoir promis de revenir savoir des
nouvelles d'Edgard avant de se rendre
à la cérémonie des bénédictions qui

devait l'éloigner pendant quelques
jours de Ladoga. Alors, se tournant
vers le comte, elle lui dit : Cet usage
doit être nouveau pour vous, puisque c'est la première fois que vous
visitez ces contrées ; il doit son origine à un mélange de piété et de
superstition, et tient à un reste de
coutumes anciennes et barbares dont
vous retrouverez encore de nom-
breuses traces parmi ces peuples que
la vérité n'éclaire que difficilement
et faiblement. Le christianisme a déjà
produit chez eux le réveil de l'âme
qui amenera les plus étonnant pro-
grès : il est curieux pour un être doué
de connaissances et de raison d'observer de près ces commencemens

de lumières au milieu d'une obscurité profonde. La fête dont je parle se renouvelle tous les ans au jour des Rois ; chaque classe de la société y apporte une unité d'intention respectable qui donne à l'ensemble de cette cérémonie un air antique et religieux que l'on ne peut remarquer sans intérêt. — J'attendai donc, pour partir, d'en avoir été le témoin, répondit Oscar. — Quoi donc ! abandonneriez-vous sitôt le vénérable ermite ? reprit Mareska ; il espérait vous posséder plus long temps ; privé de la vue de sa patrie, il l'eût retrouvée pour ainsi dire dans l'amitié de ses compatriotes... — Elle avait prononcé ces mots vivement,

et le comte, en l'écoutant, pensait
qu'Edgard devait puiser toutes ses
consolations dans l'entretien et la
présence de cette charmante Suédoise ; mais il venait de se mettre
trop en garde sur la facilité de ses
impressions pour exprimer celle-ci.—
Il appartient aux êtres heureux, lui
dit-il seulement, d'apporter quelque remède aux souffrances des
autres ; une tâche si douce n'est
point faite pour moi... Cependant
je reviendrai près de cet homme
de douleur, il verra que je ne sais
point oublier... ! Cette conversation
avait duré tant qu'ils eurent à parcourir les sentiers difficiles et tor-
tueux qui se trouvaient aux envi-

rons de la grotte; mais à quelque distance le chemin redevint uni , et Mareska y trouva son traîneau qui l'attendait : aussitôt elle salua les voyageurs et disparut.

Que de sujets de réflexion pour Oscar dans tout ce qui venait de se passer! Il continua sa route en rêvant à la singulière rencontre qui l'avait mis en relation avec des personnes du même pays que le sien; et ne pouvant rappeler à sa mémoire la cruelle histoire du solitaire sans songer à celle qui la lui avait racontée, Mareska vint insensiblement s'emparer de toute sa pensée. Quelle peut être cette femme étonnante? se demandait-il; quelle magie

3 *

exerce-t-elle sur ceux qui l'appro-
chent, et pourquoi ce qu'elle dit
semble-t-il partir d'une source divine?
je n'ai rien entendu de semblable
nulle part...!

Cette femme, dont l'ascendant était
vraiment irrésistible, et que le hasard
avait montrée à Oscar sous des formes
si différentes, attirait son cœur
comme par enchantement et en dépit de sa volonté : mais, en même
temps qu'il éprouvait un genre de
séduction dont il n'avait aucune idée,
et que les talens et la grâce de Mareska agissaient sur lui à son insu, il
concevait mille doutes sur sa position dans le monde, qu'il lui tardait
de voir éclaircis; et, par une délica-

tesse qu'il est plus facile de sentir que d'exprimer, il s'abstint de toute question sur son compte, supposant avec raison qu'une personne au-dessus de l'ordinaire a des secrets dans l'âme qu'il ne faut tenir que d'elle, et dont la multitude ne saurait juger. Oscar craignait peut-être aussi de voir atteints par le blâme les sentimens et la conduite de la trop séduisante Mareska. Dans cette confusion d'idées, il ne s'arrêta qu'à celle d'éviter l'occasion de la rencontrer davantage, et de garder à son sujet une prudente ignorance. Si Oscar se fût mieux rendu raison de ce qu'il éprouvait, il serait convenu que fuir un danger c'est déjà

l'avoir reconnu : toutefois il croyait
son cœur inaccessible à un second
amour, après avoir épuisé les douleurs de l'infidélité, et s'irritait
même de l'attention qu'il avait été
forcé de donner à une personne du
sexe d'Edile. Il avait projeté cependant d'assister à une cérémonie pour
laquelle ou lui avait inspiré quelque
curiosité ; jusque là il ne voulait que
se rapprocher quelquefois du malheureux Edgard, et faire servir son séjour
à répandre sur sa vieillesse les douceurs de l'amitié. Il se rendait donc
près de lui aux heures où il jugeait
que Mareska ne pouvait y être, et
l'aube du jour vit souvent Oscar et
Ramire touchant à la grotte de l'er-

mite. Là ils causaient ensemble des révolutions arrivées dans leur patrie, des points religieux que l'on tentait de réformer, en y substituant les dogmes nouveaux du luthéranisme. Le vieillard, fidèle à la foi de ses ancêtres, tâchait de soutenir les principes chancelans du jeune comte ainsi que ceux de son disciple, d'imprimer à leur âme la grandeur et l'efficacité de la sainte croyance prête à être sacrifiée à une adroite mais insidieuse politique, et déjà abandonnée par un peuple crédule et versatile.

Ces paroles, soutenues de l'exemple le plus touchant, réveillèrent dans le cœur d'Oscar l'amour de la vérité. Il se sentit le courage de demeurer exempt d'erreurs au milieu du changement presque général qui s'était opéré à la cour de Gustave, et dans l'étendue de la Suède. Après quelques conférences sur le même sujet, où le vieillard parla du ton d'un homme inspiré et convaincu, Oscar ainsi que Ramire jurèrent de conserver la religion de leurs pères pure et intacte, de vivre et de mourir chrétiens et catholiques ainsi qu'eux. Edgard reçut cette pieuse assurance, et la porta au trône de Dieu ; il avait conservé deux âmes au Ciel : Edgard était heureux, et recevait dès ce monde la récompense de ses vertus ! — Vous avez, leur disait-il, répandu la joie sur les

derniers jours de ma vie ; ils n'ont
pas été inutiles, puisque vous vous
êtes rendus à la vérité que j'ai eu le
bonheur de vous faire entendre....
Jeunes gens, ajouta-t-il, le doute et
le mensonge consolent faiblement aux
heures de l'infortune ; ils désespèrent
à celle de la mort... Soyons croyans,
sincères, telle est notre tâche......
Quant à nos espérances, remettons-
les au Ciel... ! — Plus Oscar écoutait
l'ermite, plus il trouvait de sublimité
dans ses préceptes et dans son âme ;
elle avait été épurée par une cruelle
adversité ; et, au lieu de trouver en
elle cette sécheresse assez commune à
l'homme prospère, qui parle de souffrances, on sentait qu'Edgard avait

passé par toutes les épreuves qu'il apprenait aux autres à soutenir : aussi il persuadait davantage.

— J'ai trouvé la véritable sagesse, disait intérieurement Oscar ; où irais-je maintenant. Déjà mon âme a recouvré la paix qui l'abandonna long-temps... J'ai vaincu des souvenirs trop tendres ; les dangers que j'avais un instant redoutés disparaissent à mes yeux ; je puis donc rester à Ladoga... , près de cet homme de Dieu, qui sait faire aimer jusqu'à sa sévérité... Ah ! du moins je pourrai reporter dans ma patrie le fruit de ses précieuses leçons. — Cette résolution une fois prise, Oscar adopta un train de maison conforme à sa fortune et à

son rang : il habita un des plus
beaux quartiers de Ladoga , et se
rendait à quelques cercles publics
les jours où il présumait que Mareska
pouvait se trouver auprès d'Edgard :
ce soin qu'il prenait de l'éviter
faisait qu'il y songeait sans cesse , et
quelquefois il s'étonnait d'être aussi
bien servi par le hasard , car il ne la
rencontrait plus et n'entendait même
pas prononcer son nom dans les lieux
où il se répandait. Bientôt ce silence
le fatigua : il y cherchait des causes
inquiétantes pendant qu'il n'exprimait
que des réflexions amères sur ce
mérite ignoré , qui semblait d'abord
devoir s'étendre jusqu'aux bornes de
l'univers....

II. 4

Ah ! que d'inconséquences dans le cœur humain , même le meilleur ! Mais Oscar n'a que vingt-trois ans , il est sans guide , malheureux avant d'avoir appris à vaincre les circonstances et lui-même ; enfin , s'il ne succombe point à toutes les faiblesses que son cœur eut le courage de révéler une fois , peut-être fut-il pardonnable de les ressentir ?

CHAPITRE III.

A QUELQUES jours de là Oscar se transporta sur la Néwa, au lieu où s'éleva depuis Saint-Pétersbourg, et où devait se faire la bénédiction des eaux. Il vit sur ses deux rives un peuple immense qui, au son des cloches et avec les marques de la plus grande réjouissance, venait célébrer une fête sacrée pour lui, et dont il attendait l'effet le plus salutaire. Le temps était serein, le soleil réfléchissait ses rayons éclatans sur la surface

unie et glacée de la Néwa. Cet ensemble offrait au comte le plus beau
spectacle et en même temps le plus
singulier qui eût jamais frappé sa vue.
C'est à cette occasion qu'il put observer la masse des habitans dans leur
extérieur ; les longues barbes des
Russes, à la conservation desquelles
la plupart attachaient des idées reli-
gieuses , le costume varié de tous
ceux qui quittent leur ville ou village
pour assister à cette cérémonie , la
dévotion qu'ils manifestent en cette
circonstance , et l'enthousiasme qui
rayonne sur leurs visages expressifs ,
étaient autant de sujets d'étonnement
et d'admiration pour le comte et pour
le jeune Ramire. Ils virent le patriar-

che bénir les eaux dans le seul endroit où la glace eût été rompue, et au-dessus duquel était élevé un temple orné d'images des saints les plus en vénération dans l'empire. Les prières continues des popes, les chants du peuple qui y répondait, leur empressement à boire de ces eaux sanctifiées, portent à l'âme une émotion involontaire, indépendante de la réflexion, et que tout acte public et solennel produit sur les êtres capables de cette sorte d'attendrissement. Le ridicule que l'on attache quelquefois aux formes des différens cultes n'existe point pour eux : car ils ne voyent que les adorations de la multitude et le sentiment qui la porte vers celui dont elle

attend tout ! Oscar remarqua l'excès
de l'amour maternel, dans l'action
des femmes qui plongent, malgré le
froid, les enfans nouvellement nés,
dans les eaux du fleuve; elles espèrent
ainsi les préserver des maux qui peuvent menacer leur existence. Mille su-
perstitions s'attachent à cette croyance,
mais elle a un côté respectable, même
pour celui qui ne la partage pas ; et
les idées de bonheur qu'une nation
entière joint à cette cérémonie, portent à désirer qu'elles ne lui soient
point enlevées, puisqu'une innocente
crédulité est plus précieuse pour
l'homme que l'illusion console, que
la vérité à laquelle il ne peut atteindre.

Oscar , en d'autres circonstances ,
put encore s'assurer de la tolérance
qui existe généralement parmi ce
peuple , composé d'une infinité de
sectes différentes. Toutes y jouissent
d'une grande liberté et s'allient
entre elles, sans songer à faire partager réciproquement leur opinion religieuse. Une harmonie exemplaire
règne entre les habitans de ce vaste
empire, et ce phénomène ne fut pas
une des choses qui frappèrent le moins
Oscar, dont la patrie était alors déchi-
rée par un système contraire, et où
d'horribles persécutions s'exerçaient
au nom de la religion , qui devrait
unir les hommes.

Malgré l'attention qu'il avait ap-

portée à ces différentes cérémonies, et
l'effet imposant qu'il en avait ressenti,
Oscar n'avait pu se défendre d'une
idée toujours renaissante, et qui l'a-
vait distrait tant qu'avait duré la fête
religieuse à laquelle il venait d'assister.
Mareska n'avait point paru dans le
groupe des femmes les plus distin-
guées, parmi lesquelles il s'attendait
à la voir; et ses yeux errant dans la
foule n'avaient pu la découvrir. Sa
taille, sa beauté, l'éclat dont il l'avait
vue environnée une fois et qui l'eussent fait remarquer sans doute; rien
de tout cela n'avait frappé ses regards.
Il demeura persuadé qu'un motif sérieux, peut-être inquiétant, avait
empêché Mareska de prendre part à

cette fête dont elle avait vanté la solennité. Cette pensée le dominait encore , lorsqu'au cercle où il se rendit dès le jour de son retour à Ladoga il entendit prononcer avec chaleur le nom de celle qui l'occupait. S'approchant aussitôt de la personne qui parlait dans ce moment, il prêta l'oreille à ce qu'elle disait , avec une espèce de crainte vague qui tenait son esprit et son cœur en suspens , comme s'il allait apprendre quelque chose de fâcheux... Il entendit alors que l'on discutait sur le passage d'un ouvrage de poésie dont Mareska était l'auteur , et que l'on n'était point d'accord sur le genre de beauté qu'il semblait présenter.

Comme on aperçut l'extrême attention du comte à écouter ce qui se
disait à ce sujet, et que l'on savait
rendre justice au bon goût des Suédois, généralement plus éclairés que
les Russes, on relut le morceau en
question, en interpellant Oscar pour
qu'il en donnât son avis. A cette in-
vitation inattendue il recula quelques pas, et s'excusa en avouant
qu'il avait une prévention invincible
contre les femmes poètes, et qu'il
préférait garder un jugement qu'il ne
pourrait émettre sans laisser voir sa
partialité. Cette réponse devint l'occasion d'une longue et vive discussion.

Les partisans de Mareska prirent
sa défense dans les termes les plus
favorables à son talent, et avancè-
rent que la langue de Sapho n'avait
point été parlée avec plus de grâce
parmi les modernes qu'elle ne l'était
par la femme célèbre qu'ils avaient
le bonheur de posséder dans leur
patrie. Des hommes âgés formant
une classe à part au milieu d'un
peuple ignorant, et quelques jeunes
Russes d'une haute naissance, com-
posaient la société où se trouvait
le comte; un des derniers, nommé
Lidoff, s'adressant directement à lui
parut vouloir connaître les motifs
de cette aversion dont il était convenu, et lui fit plusieurs questions

sur cet objet. — Il me semble, répondit modestement Oscar , qu'un
sexe fait pour aimer et pour plaire
dans la première saison de la vie ;
à qui d'autres devoirs sont im-
posés pendant la plus longue durée
de l'autre , ne peut se livrer aux
études et aux sciences approfondies
qui s'allient si difficilement avec sa
destination , sans tromper le vœu
de la nature et de la société. —
S'il était vrai, reprit Lidoff avec
véhémence, que les femmes s'éloi-
gnassent de ce but en cultivant
les lettres et les beaux-arts , on
pourrait dire du moins qu'un exemple de ce genre n'a rien de dange-
reux, car le génie ne se commu-

nique point, et l'espèce de tour-
mente qu'il produit comme pour se
répandre au dehors n'étant sentie
que de certains êtres rares et privilégiés , ils ne sauraient être jugés
d'après la règle ordinaire. Comment, ajouta-t-il, la pensée, ce beau
don du ciel accordé aux humains,
serait-il un motif de blâme parmi
eux ? Celui qui ose en user et l'é-
tendre par de vastes connaissances
ne devrait-il pas au contraire attirer
à lui la reconnaissance et l'hommage
de ses comtemporains sans distinction de sexe ? Pour moi , je sais
qu'un flambeau qui m'apparaîtrait
au milieu d'épaisses ténèbres ne me
deviendrait pas moins précieux, fût-

il porté par une main faible et débile. — Je ne dispute pas aux femmes, reprit Oscar, le rang qu'elles peuvent occuper parmi les êtres immortalisés par leur génie. L'antiquité nous en offre quelques exemples, et chaque siècle a vu s'élever au moins une de ces réputations qui survivent au temps. Mais que nous diraient les familles de ces personnages illustres? Le bonheur d'un époux, le soin des enfans, les vertus et les plaisirs de la vie domestique..., tout ce qui constitue enfin le véritable empire d'une femme n'est-il pas anéanti par cette élévation chimérique? — Je répondrai, continua le jeune Russe qui déjà avait pris la parole, que dans un être réfléchi et éclairé l'amour pour ses semblables et pour les devoirs dont vous parlez est plus senti, plus étendu que chez le reste des humains; il remplit avec passion ce que les autres ne font que par habitude ou par nécessité : les grandes pensées enfanteront toujours les actions sublimes, et rien n'est restreint dans une âme distinguée. Croyez-vous d'ailleurs que la patrie ne doive point un culte à celui qui consacre sa vie à des études qui serviront à l'éclairer un jour, et feront passer dans son sein les bienfaits de la civilisation par le doux commerce des Muses? Que de vertus

pourront éclore de cette mission
toute particulière! et pourquoi une
gloire si belle ne serait-elle point
aussi le partage d'une femme ? —
Ne vous éloignez-vous point de la
question? dit tranquillement Oscar. —
J'y reviens, continua l'ardent Lidoff.
Si en effet l'étude exige un temps
que réclament des occupations plus
utiles, et que l'on puisse prévoir
cette négligence, il faut mieux opter
et suivre uniquement le penchant
auquel on se sent entraîné. Tels
sont les principes de Mareska; elle
a renoncé aux douceurs du ma-
riage dans la crainte d'en mal remplir les conditions; elle a senti de
bonne heure son génie, et il lui a

donné la force de choisir et de régler sa destinée. D'autres femmes moins hardies peut-être ont contracté des liens avant de se bien connaître ; les maîtres de leur sort ne les ont pas devinées ; et quand la barrière de l'imagination vient à se rompre, c'est à elles que s'adresse le reproche que vous venez d'exprimer : autant vaudrait, selon moi, arrêter le sang qui coule dans leurs veines. — Admettons donc, reprit un des vieillards présens à cette discussion, que si la science est un mal pour le commun des femmes, du moins il n'est point contagieux ; et que celle qui par ses talens mérite une exception à

4 *

la régle tracée pour le reste de son
sexe, a droit à nos respects comme
à notre admiration. — Oscar sentit
que l'enthousiasme général qu'in-
spirait Mareska affaiblissait d'avance
les raisonnemens qu'il avait eu l'intention d'ajouter à ceux-ci, et que
la passion l'emporterait toujours sur
de froides observations; en consé-
quence il se tut et songeait à
laisser le champ libre aux disser-
tateurs, lorsque Lidoff, fier de la
victoire qu'il croyait avoir rempor-
tée, chercha généreusement à adoucir la contrariété qu'elle pouvait
laisser dans l'esprit d'Oscar, en se
rapprochant de lui avec des ma-
nières pleines d'urbanité et d'em-

pressement : il fit au comte des
offres de service et des avances
d'amitié auxquelles celui-ci répondit
avec politesse. Sa qualité d'étranger.,
ainsi que la modération qu'il venait de montrer dans la conversation, attirèrent à lui l'intérêt et
l'estime des personnes présentes :
avant de se séparer, on tâcha de
vaincre la répugnance qu'il paraissait avoir pour ces sortes de réunions,
et on l'engagea à venir entendre
Mareska qui devait lire publiquement
quelques fragmens de ses poésies
qu'elle avait déjà soumis à ses amis
les plus intimes. — Son talent, lui
dit-on, honore votre pays, et vous
lui devez avant nous un juste tribut

de l'hommage que nous nous plaisons à lui rendre. — Oscar n'éprouvait que trop le désir de la revoir ! et son imagination s'exaltait encore de tout ce qu'il entendait, de ces souvenirs, de ces combats mêmes, depuis qu'il s'était interdit sa présence ; cependant il eût voulu qu'elle ne s'offrît à ses regards que comme il l'avait vue dans la grotte de l'ermite. Cet appareil, cet éclat qui allaient l'environner, gênaient sa pensée en lui commandant un sentiment que chacun partagerait avec lui. Répondant aux scrupules qui s'étaient élevés dans son esprit, il se disait qu'une femme si heureuse, enivrée de succès, de louanges, et si supérieure à ce qui

l'entourait, ne pouvait être dangé-
reuse pour lui ; que son goût pour
l'extrême simplicité l'appelait à des
jouissances plus positives, s'il en exis-
tait encore qu'il pût espérer ! Il sou-
pira profondément en se peignant la
douce obscurité qui pendant long-
temps avait enveloppé son Edile, et
le bonheur qu'il avait perdu par une
fatalité inconcevable. A la suite de ces
réflexions, il alla donc avec sécurité
à la séance où il devait trouver un
espèce de prodige, c'est-à-dire une
femme qui jetait au milieu d'un peuple
ignorant et à demi barbare les étincelles de son génie ; et lui montrait
quelle source de plaisirs inconnus il
portait dans son sein.

L'assemblée était déjà complète lorsque le comte arriva dans l'enceinte où elle s'était réunie : il s'y trouvait des hommes de tout rang et de tout âge, et un grand nombre de femmes ; on eût dit que les grâces venaient présider la fête où elles allaient être adorées.

Mareska était assise dans un endroit et sur un siége un peu élevés, et feuilletait négligemment quelques pages du manuscrit qu'elle tenait à la main, en causant gaîment avec les personnes qui s'étaient placées le plus près d'elle, et parmi lesquelles Oscar reconnut Lidoff qui le salua de loin ; Mareska l'aperçut aussi, et une vive rougeur colora son teint, qui d'abord avait paru altéré aux yeux du comte qui l'examinait attentivement. Pendant quelques minutes elle cessa de parler, levant lentement ses regards comme pour s'assurer de la place qu'avait choisie Oscar ; puis, le voyant fixé dans un coin à l'écart et tout entier à ce qu'elle allait dire, elle reprit avec une mobilité surprenante l'expression animée qui l'avait abandonnée un moment. Paraissant peu à peu oublier Oscar, le cercle qui l'entourait et la terre même où elle résidait, Mareska parut rentrer dans l'empire de l'imagination pour ne plus recevoir de lois que d'elle seule, tandis que sa bouche, organe fidèle des pensées qui l'agitaient, expliquait de nouveau

ses motifs d'inspiration. Ouvrant ensuite le cahier qui devait suppléer à
sa mémoire , elle lut en langue grec-
que plusieurs morceaux de poésie
mêlée d'une prose harmonieuse et
brillante. Là , elle peignait avec enthousiasme la puissance des arts et
leur influence sur la vie humaine , les
envisageant comme utilité et comme
plaisir , instruisant et charmant tour
à tour, élevant l'homme au rang d'un
triomphateur et le consolant au dernier degré de la misère. Ailleurs , elle
vantait les illusions de l'espérance ,
douce compagne des malheureux, et
qui parvient à les conduire vers la
tombe comme un ami compatissant.
Tous ces sujets empruntaient à la

nature, aux sentimens, quelquefois
à l'histoire qu'elle faisait sortir de la
nuit des temps, l'intérêt qu'elle savait
inspirer, et dans ces heureuses imi-
tations elle semblait créer, tant elle
rendait la vérité nouvelle.

Ce langage si extraordinaire dans
ces contrées, et que personne n'avait
fait entendre avant Mareska, étonnait
et subjuguait les assistans ; des signes
d'approbation partaient de tous les
coins de la salle, et l'âme du charmant poète avait passé dans celles de
ses auditeurs. Oscar seul se refusait à
lui accorder ce tribut d'admiration,
digne récompense du vrai talent. Il
craignait pour Mareska l'enivre-
ment de cet encens si doux..... ou

II.   5

peut-être eût-il voulu qu'elle ne le
reçût que de lui : car en dépit des
efforts de sa sagesse ; la plus absolue
séduction s'emparait de son cœur.
Pour conserver l'indifférence qu'il se
vantait d'avoir recouvrée , Oscar
croyait avoir prévu tous les genres
d'attraits , beauté , douceur , grâces
et gentillesse ; il n'avait point songé
à ce charme pénétrant de l'esprit , qui
l'emporte sur tous les autres et parvient à vaincre l'âme la mieux pré-
parée à le combattre ; et déjà il s'était
rendu maître de toutes les facultés
d'Oscar , quand il s'applaudissait encore de la constance de ses regrets.

Lorsque Mareska eut cessé de lire ,
elle se retourna sans doute par hasard

du côté où elle avait vu le comte :
son air froid et sévère la frappa ; cependant elle sourit..., comme si elle
se promettait d'en connaître la cause
et de la faire bientôt disparaître. Se
levant ensuite, elle passa devant lui
escortée d'un grand nombre de ses
admirateurs et au milieu des applau-
dissemens universels. Oscar s'attendait à une légère marque de distinction
de sa part ; il en épiait l'instant, mais
Mareska était déjà loin et paraissait
ne l'avoir point remarqué. Il la regarda tristement s'éloigner : alors,
comme si son oubli ou son triomphe
lui faisait mal, il se sentit malheureux et devint plus sombre que jamais.
Insensiblement il se trouva à la

place qu'elle venait de quitter : là, oubliant le poëte pour ne se rappeler que Mareska, il croyait encore voir son beau regard si plein de pensées et de souvenirs planer dans l'immensité, et saisir l'accent de sa voix flexible et sonore. C'est ainsi que, plongé dans une rêverie extatique, il restait immobile, lorsque tout à coup, apercevant des tablettes à ses pieds, il se hâta de les relever, et l'enchantement cessa ; les tablettes étaient ouvertes, parfumées et marquées d'un chiffre dont une des lettres indiquait le nom de Mareska. Oscar ne douta point qu'elles ne lui appartinssent, et cachant ce trésor dans son sein avec une joie d'enfant, il retourna précipitamment chez lui , portant de temps en temps la main sur sa poitrine pendant le trajet qu'il avait à parcourir, pour bien sentir que les tablettes y étaient encore.

D'abord il hésita sur l'usage qu'il en devait faire : les renverrait-il à leur possesseur ? confierait - il à d'autres mains les pensées, peut-être les secrets de Mareska ? ou enfin démentirait-il ses résolutions en les lui reportant lui-même ? Oscar portait les yeux sur le chiffre doré qui ornait les tablettes ; il ne pouvait se dissimuler le désir violent qui s'élevait dans son cœur de connaître les mystérieuses inspirations qu'elles contenaient, et quoiqu'il n'y cédât point parce que la délicatesse

lui en faisait la loi, il sentit qu'elle
lui commandait un sacrifice, et qu'en
s'y soumettant il avait eu à réprimer
un mouvement condamnable. Malgré
cette preuve évidente d'une passion
forte dès sa naissance, le comte s'abusait encore en attribuant à une curiosité commune l'effet d'un sentiment
plus noble ; il rougissait seulement de
la tentation qu'il avait éprouvée ; il
ne se méfiait point de l'amour qui la
lui avait donnée. Craignant donc de
tout autre une faiblesse moins com-
battue que la sienne, il crut ne devoir
se séparer d'un objet précieux à Mareska que pour le mettre à l'abri
d'une indiscrétion, et s'imposa l'obliga-
tion de ne le rendre qu'à elle-même.

Il se dit intérieurement qu'après avoir satisfait à ce que la délicatesse exigeait de lui, il suivrait son premier dessein, qui était de s'éloigner d'elle : non qu'elle fût à craindre pour son cœur, mais parce qu'elle était femme, et qu'il ne pouvait supporter l'idée d'aucun rapport qui lui eût rappelé trop vivement des peines encore récentes et ineffaçables.

C'est ainsi que l'homme variable et faible se trompe avec une espèce de bonne foi, et que la passion sait prendre des formes raisonnables qui en imposent aux âmes vertueuses, comme elle en a de séduisantes pour celles qui sont corrompues. Oscar, quoique déjà livré à toute sa faiblesse, se croit sage encore , et tombe dans le piége que l'amour lui a préparé comme à son insu. Il est donc vrai *que le cœur a des secrets que l'esprit ne sait pas* (1).

Avant de se présenter chez Mareska, Oscar se pénétra bien de la situation particulière où elle se trouvait. Sa vie indépendante , la liberté de ses principes , de ses actions , et cette supériorité même qui la mettait au-dessus des préjugés vulgaires , tout dans son existence lui parut une certitude que ses affections étaient engagées ; qu'il ne lui restait plus à disposer que d'une

_____

(1) La Bruyère.

part dans son amitié.—Mais, pensait-
il, je serais présomptueux d'y prétendre, et ne me trouverais cependant
dant point heureux même en l'ob-
tenant..... N'ayons donc que la seule
ambition d'acquérir son estime en
lui rendant un léger service ; c'est
assez..... mon cœur n'en saurait désirer davantage. Plein de cette idée,
Oscar remit froidement dans sa poche
les tablettes dont la rencontre lui avait
causé d'abord de si violens transports;
et sortant avec précipitation il se fit
annoncer chez Mareska sous le titre
d'un voyageur qui, à son passage à
Ladoga, désirait avoir l'honneur de
lui présenter ses hommages.

~~~~~~

CHAPITRE IV.

MARESKA recevait quelquefois les visites des hommes lettrés de ce temps, et celles d'étrangers de distinction qui, sur la renommée de ses talens et de sa beauté, venaient des extrémités de l'Europe pour la voir et pour l'entendre : plusieurs s'étaient même fixés à Ladoga où elle faisait sa résidence, et formaient sa société habituelle.

Elle habitait une jolie maison qui avait été construite d'après le modèle

qu'elle en avait donné, car alors
des bâtimens en bois et presque des
chaumières formaient les habitations
de ce pays. Mareska avait réuni dans
la sienne la recherche à l'élégance,
sous une apparence de simplicité: des
sculptures imitées des grands maîtres,
quelques tableaux originaux qu'elle
avait également rapportés de ses
voyages, ornaient ses appartemens
et offraient aux artistes russes des
objets de comparaison et des modèles
qui pouvaient devenir un jour favorables aux beaux-arts, encore impar-
faits chez eux. Un jardin vaste et
bien ombragé présentait en été une
retraite charmante qui favorisait l'é-
tude et la méditation. Le goût le plus

exquis avait présidé à l'arrangement de ces lieux, et l'âme de Mareska semblait avoir animé tout ce qu'elle avait embelli.

Ce temple magique était ouvert à ceux qui se distinguaient de la multitude, non-seulement par la naissance, mais surtout par le mérite ; et si Mareska cherchait à s'éclairer de l'expérience des vieillards, elle faisait passer dans l'âme des jeunes gens ce feu divin, cet amour du beau qui, en disposant aux grandes choses, en amène presque toujours le résultat ; en l'écoutant on prenait sans le vouloir quelque teinte de son originalité. La vérité, dans la bouche d'un apôtre aussi séduisant, avait un charme de plus, et l'exaltation réelle qu'inspiraient les discours de Mareska anéantissant toute timidité comme toute prétention, on sentait doubler ses moyens par le seul contact de cet esprit supérieur.

Lorsque cette femme célèbre vint s'établir à Ladoga, elle était très-jeune encore et vivait avec une tante d'un âge avancé ; depuis qu'elle avait eu le malheur de la perdre, elle était restée absolument seule : on disait que sa fortune lui venait en grande partie de cette parente qui l'avait élevée. Du reste, on ne savait rien de son origine, sinon qu'elle était noble et Suédoise. Le véritable nom de sa famille était même ignoré, et elle portait celui de sa mère adoptive, qui s'appelait *Laure d'Atrive*.

Malgré cette obscurité, et les suppositions vraies ou fausses qu'elle faisait naître, Mareska fut recherchée par d'illustres *boyards*, dont l'ambition consistait uniquement à lui plaire et à en être accepté pour époux. Mais la liberté lui était plus chère que de semblables avantages, et pour la conserver elle avait renoncé aux alliances les plus propres à satisfaire un autre cœur que le sien. Ce n'est point que Mareska fût insensible aux hommages dont elle était l'objet; loin de là, ils semblaient soutenir son génie. Un noble orgueil lui disait qu'elle avait mérité ce prix tou-

jours flatteur et quelquefois si doux !
Elle avait donc des amis, des prosé-
lytes; tous étaient ses admirateurs, et
tous se plaignaient que cette âme si
ardente et si entraînante ne se laissât
point pénétrer des feux de l'amour.
En effet, elle était restée indépendante
au milieu des adorations universelles;
jusqu'alors la supériorité qui était son
partage, en asservissant l'opinion gé-
générale, avait obtenu la justice qui
lui était due à cet égard, et l'on n'avait
pu citer aucun amant favorisé de Mareska.

D'après ses habitudes et le genre
de vie qu'elle avait adopté, elle ne fut
point surprise d'entendre annoncer
un nouveau concurrent à là faveur

d'être admis chez elle; se réservant donc, avec le droit de juger de son mérite, celui de rejeter ou d'accepter ses soins, elle consentit à recevoir sa première visite; mais quelle fut sa surprise en reconnaissant Oscar! elle jeta un cri d'étonnement. — Quoi! c'est vous, lui dit-elle en suédois, sommes-nous donc étrangers pour me faire avertir de votre arrivée sous ce nom? — Je n'ai point oublié, madame, répondit Oscar avec une émotion visible, que nous nommons le même pays pour celui de notre naissance; mais le titre de compatriote ne suffirait pas pour autoriser la hardiesse de ma démarche. Le hasard m'ayant rendu dépositaire d'un objet intéres-

sant, et qui sans doute vous appartient..., c'est pour le restituer que j'ai
osé parvenir jusqu'à vous. — En même
temps Oscar, qui d'une main tenait
déjà les tablettes, les présenta à Mareska; elle les reçut en rougissant
prodigieusement et avec quelque em-
barras. — Elles sont bien à moi, dit-
elle enfin avec un ton de négligence...
cependant vous n'avez pu vous en
assurer qu'en les parcourant. — Madame, répondit vivement Oscar, si
j'avais été capable d'une semblable
témérité je me croirais indigne de vos
regards; et quoiqu'il m'eût été doux
sans doute de rechercher de nouvelles
étincelles de ce feu dont vous nous
brûlez quelquefois, j'ai dû préférer

5 *

votre approbation, la mienne propre, au plaisir que suit un reproche... Serait-ce devant Mareska, dit-il comme involontairement, que l'on voudrait se montrer méprisable...! Ce chiffre, ajouta-t-il en désignant les tablettes, et le lieu où il s'est offert à ma vue, m'ont appris que je ne devais les remettre qu'à vous. — Je vous crois et vous remercie, comte Oscar, reprit Mareska. Un long silence suivit ce peu de paroles qui furent accompagnées d'un sourire enchanteur, puis elle continua : Il est permis aux poëtes de jouer avec leur imagination et de s'abandonner aux illusions qu'elle enfante ; cependant je n'aime point à donner à mes pensées une fausse couleur, ni à trahir mon âme: j'ai senti, j'ai cru ce que j'ai écrit, et ces tablettes renferment mon cœur pour ainsi dire... Vous pouvez, continua-t-elle, en parcourir les pages; ou plutôt, pour rassurer votre discrétion, nous en lirons ensemble quelques-unes : ma vie a bien un côté mystérieux, mais je n'ai rien pensé encore que je ne puisse confier à ceux qui voudraient m'entendre.

Oscar, qui jusque là était resté debout dans l'intention de prendre congé comme il en avait formé la résolution, se trouva retenu par la communication qui venait de lui être promise : il accepta donc le siége qui lui avait été présenté, s'y assit avec un air de possession, tandis que Mareska rapprocha un peu le sien qui se trouvait très-éloigné d'Oscar. Alors elle se mit à causer avec une grâce charmante; et, lui indiquant les passages qui pouvaient lui plaire davantage, elle l'engagea à les lire : ce qu'il fit, en commençant à regretter d'avoir cru nécessaire la démarche qu'il avait entreprise. D'abord il parcourut quelques traductions des meilleurs poètes grecs et latins, auprès desquelles se trouvait le texte original. Ensuite il arriva aux réflexions que l'occasion avait fait naître dans la pensée vive et flexible de Mareska, et qu'elle avait tracées pour en alléger son esprit et son cœur : elles respiraient une dou-

ceur de sentiment et une élévation
qui frappèrent singulièrement Oscar ;
il lui semblait tout à coup se trouver
dans l'intimité de cette âme jusqu'a-
lors inappréciée par lui ; il s'attachait
à relire ces expressions neuves et
hardies qui lui révélaient en même
temps la plus brillante imagination,
oubliant dans cette douce occupation
les heures qui s'écoulaient et la règle
de conduite qu'il s'était tracée ; il
avait admiré la noble confiance avec
laquelle Mareska avait cherché à le
payer du sacrifice qu'il avait fait, et
voyait dans cette action simple et déli-
cate une preuve d'estime pour son
caractère. Cette idée flattant l'amour-
propre d'Oscar, il devint aimable en

ne songeant plus qu'il ne voulait pas l'être. Il continua ainsi à dévorer du cœur et des yeux les caractères qui peignaient si bien celle qu'il avait craint de connaître, tout en s'applaudissant qu'un trésor si inappréciable ne fût point tombé en des mains profanes : mêlant d'heureuses observations aux pensées de Mareska, il sentit avec une joie secrète qu'elles avaient le bonheur d'être goûtées par elle, et que son indulgence était au niveau de son mérite. Oscar, qui perdait peu à peu de sa scrupuleuse réserve, examina avec le même soin quelques esquisses de différentes vues de la Suède, dont plusieurs lui rappelèrent les environs de Sundswald; il n'osa questionner Mareska sur l'intérêt qu'elle portait à ces lieux; toutefois il supposa qu'ils étaient l'objet de souvenirs chers, et un soupir qu'il surprit sur ses lèvres à l'instant où elle partageait son attention le lui dit mieux encore. Cependant, comme si elle eût redouté un mot sur ce sujet, elle se hâta d'en détourner la pensée d'Oscar et de la fixer sur d'autres points qu'elle cherchait à lui rendre intéressans, puis elle l'entraîna dans une galerie où elle ne s'occupa plus que des objets d'arts qui s'y trouvaient réunis, et dont elle fit ressortir toutes les beautés aux yeux charmés d'Oscar. Là, elle reprit son aisance, sa gaîté, et se montra telle qu'il l'avait vue à l'er-

mitage, paraissant avoir oublié ses
talens, sa supériorité, pour n'être
plus que simple et familière; on eût
dit qu'elle tenait en réserve des grâces
nouvelles pour chaque situation diffé-
rente, et dans ce moment Oscar, trop
occupé de ces mots naïfs et gracieux
qu'elle laissait comme tomber dans
le sein d'une douce intimité, n'était
plus averti de son génie que par les
éclairs lumineux qui sortaient de ses
yeux noirs et perçans, et qui trahis-
saient la profondeur et l'étendue de
ses pensées.

Le comte sut dans le cours de cet entretien qu'une incommodité passagère
avait empêché Mareska de se trans-
porter, comme elle l'avait projeté,

au lieu où devait se faire la bénédiction des eaux : — Car j'aime, dit-elle,
à me trouver parmi ces bons Russes,
auxquels il ne manque que les vertus
qu'ils ignorent. Leurs mœurs hospi-
talières, la bonhomie qu'ils conservent
dans leur rudesse même, me les ren-
dent intéressans ; je néglige peu d'occasions de les observer, parce que je
suis sûre alors de m'y attacher davantage et qu'il est doux de chérir ceux
avec qui l'on veut vivre. — Oscar se
trouva presque indigné à cet aveu de
Mareska ; il ne pouvait concevoir sa
préférence pour des contrées étran-
gères et presque barbares, sur le beau
pays où elle était née, et lui en dit
son sentiment avec la franchise d'un

II. 6

guerrier qui ne sait point flatter la
femme qu'il admire , lorsqu'il ne se
trouve point en rapport d'idées avec
elle. Mareska portait ainsi que lui
dans son cœur un véritable amour
pour sa patrie, et convint de tous ces
motifs de préférence. — Mais , ajouta-t-elle tristement , une cruelle nécessité me force à en demeurer éloignée , et je me crée des plaisirs
d'imagination à la place de ceux dont
la réalité n'existe plus pour moi. — Il
y avait un accent si vrai dans les paroles de Mareska , qu'Oscar en l'écoutant sentait ses préventions s'évanouir;
il commençait à s'accuser de pré-
somption , d'injustice , et déjà se
faisait une enivrante idée de posséder

la confiance de cette femme incomparable. Mareska, comme si elle eût deviné ce qui se passait dans son cœur, lui dit avec une expression charmante : — Je le vois, Oscar; vous n'êtes point du tout dans le secret de mon âme : tantôt vous m'élevez beaucoup au dessus de ce que je vaux, d'autres fois aussi je perds trop dans votre esprit, et pourtant je voudrais occuper dans votre mémoire un rang qui ne fût point usurpé... Un Suédois est un frère, presqu'un ami pour moi, et l'on veut être connu.... de son ami. Venez me voir, j'ai besoin de paraître à vos yeux telle que je suis réellement, et votre estime m'est nécessaire. — Ce ton, ce langage si exempt des tournures ordinaires, et dont la nouveauté étonnait, mais charmait Oscar, acheva de le subjuguer entièrement; aussi, après avoir entendu Mareska, loin de songer à lui résister davantage, il serait tombé à ses pieds s'il n'avait su contenir les témoignages du sentiment qu'elle faisait naître en lui : lorsqu'il fallut la quitter il avait promis déjà de revenir et s'était enlacé dans les liens que la veille il jurait encore de fuir à jamais.

Quant à Mareska, elle ne s'était point méprise à l'effet qu'elle avait produit sur le cœur d'Oscar, et le sien battit d'espérance et d'une joie inconnue pour elle jusqu'à ce jour. Long-temps elle avait été fière de sa froideur dans l'âge de l'amour; elle attribuait à ses principes particuliers le calme qu'elle avait su conserver dans son âme. Ce fut en voyant Oscar qu'elle apprit à se mieux connaître ; cette douce émotion que son imagination seule avait su lui révéler se fit enfin sentir à son cœur, et elle perdit sans retour l'indifférence dont elle s'était fait un système et presque une gloire.

Au concert elle avait remarqué la beauté noble qui caractérisait Oscar , son attitude mélancolique , cette expression qui vient de l'âme et qui annonçait trop la sensibilité de la sienne. Elle l'entendit dans la grotte d'Edgard où le hasard le lui fit ren-

contrer ; déjà faible , parce qu'elle
aimait déjà , elle regardait cette réunion surprenante comme une mani-
festation des desseins du ciel, qui lui
montraient celui qu'elle devait distin-
guer et chérir. Il ne manquait à Mareska, jusqu'à cet instant, que d'être
sensible à l'amour : en soupirant pour
la première fois, toutes les facultés
dont la nature avait doté son âme
reçurent leur perfection. Mais avec
la douceur de ce nouveau sentiment
elle ne tarda point à en connaître les
douloureuses agitations.

La tristesse d'Oscar lui fit craindre
que sa destinée ne fût déjà fixée et ne
lui eût laissé d'ineffaçables regrets.
Elle , tant adorée , qui dans ses amis

ne voyait que les esclaves de ses
charmes , se méfiait de leur pouvoir,
et ne voulait plus en faire l'essai
qu'une fois encore ! La coquetterie
s'éteint avec le véritable amour ; Mareska, qui s'en était servie comme
de sauvegarde contre toute affection
trop tendre, en oublia l'usage lorsqu'il lui eût été nécessaire, et, aban-
donnant les triomphes de la froide
vanité, elle semblait ne plus implorer
que l'amour si long-temps dédaigné
par elle.

Ce que lui avait dit le comte de
son prochain départ détruisit l'idée
du bonheur qui s'unit toujours à
la tendresse; elle voulut combattre
un penchant dont son cœur n'avait

pas été maître. C'est alors que, ren-
fermée chez elle, en proie à mille
sentimens, à mille projets divers,
Mareska cherchait à chasser de son
âme celui qui dans le même temps
ne songeait aussi qu'à la fuir. Mais,
ne pouvant obtenir de sa raison un
oubli que l'amour rendait impossible,
elle résolut de graver son souvenir
dans la mémoire de celui qu'elle allait
perdre sans doute pour jamais, et de
répondre enfin aux sollicitations de
ses amis qui l'engageaient à lire publiquement ses poésies ; elle s'imagi-
nait qu'Oscar, attiré par la nouveauté
de ce spectacle, viendrait l'entendre :
s'immortaliser en présence de ce
qu'on aime, lui laisser une impression

qui ne peut se confondre avec aucune
autre, est une jouissance qui a quelque chose d'infini et qui était digne
de cette âme sensible et exaltée.

L'espoir de Mareska se réalisa : elle
vit paraître Oscar au milieu de la
foule devenue indifférente à ses yeux.
Dans cet instant, tout entière à un
seul objet, se laissant aller à l'enthousiasme qui gagnait son cœur, elle
devint sublime, et, si l'on peut le dire,
supérieure à elle-même. Cette gloire
ne détruisit point ses secrètes inquiétudes, mais elle lui avait laissé une
vive satisfaction et un heureux pres-
sentiment : lui seul resta, et ses
craintes s'évanouirent. Lorsque le
comte arriva jusqu'à elle, ce lui fut le

présage d'une victoire et d'un bonheur dont elle ne douta plus. Une
femme lit aisément dans le cœur de
celui qu'elle préfère, et devine tout ce
qu'il croit cacher ; Mareska, plus pé-
nétrante qu'aucune d'elles en propor-
tion de son esprit et de son habitude
d'observer , savait, lorsqu'Oscar la
quitta ; combien elle régnait sur ses
facultés , et les préventions qu'il lui
restait à combattre pour se trouver
entièrement en harmonie avec lui. Elle
se flatta de réussir dans cette douce
entreprise en n'employant d'autre
calcul que celui de lui montrer son
cœur à découvert et de lui apprendre
à y lire. Cet art, si c'en est un, uni à
tant de charmes , réussit à captiver

le faible Oscar, dont les sens ravis firent taire les souvenirs, et rendirent inutiles les conseils de sa raison.

Il se laissait aller à ce nouvel enchantement, croyant avoir assez fait pour la vertu que d'y avoir résisté quelques instans ; ou plutôt, abusé par sa passion, il osa penser que le sentiment dont il avait brûlé pour Edile n'était point de l'amour ; comparant l'impétuosité de ses sensations présentes avec le plaisir doux mais tranquille qu'il avait goûté près d'elle, il finit par croire qu'il ne l'avait chérie que comme une sœur, et qu'entre eux l'amitié seule avait été trahie.

De ce moment il parla de Ma-

reska au bon ermite, non pour
l'interroger sur elle, mais pour aller
au-devant du bonheur d'entendre
vanter son caractère. Les discours
d'Edgard, qui mettaient en effet les
qualités de son cœur au-dessus de
celles que présentait son esprit, le
comblaient de joie : chacune de ses
paroles reposait dans son âme. Bientôt, en suivant davantage les habitudes de Mareska, en écoutant ses
zélés partisans, il acquit l'heureuse
certitude qu'aucun lien n'enchaînait
sa vie ; Oscar vit enfin qu'il avait
mal jugé celle qui n'avait encore
vécu que pour la gloire et pour la
vertu. Confus d'une erreur si offen-
sante, il résolut d'en venger Mareska

en ne cessant de l'adorer comme
une essence de la divinité même :
il se passait donc peu de jours que
le comte ne se rendît chez elle ;
rarement il la trouvait seule., mais
alors, heureux de ses sentimens , s'il
n'osait aspirer à en être préféré, du
moins il s'efforcait de mériter de tenir
un rang parmi ses nombreux amis.
— Dieu! pensait Oscar , être aimé
exclusivement de la première femme
de l'univers, de celle qui sait unir
la candeur au génie , comme l'innocence à la beauté, serait un sort trop
beau, il accablerait un mortel ! —
Cependant le regard de Mareska, plus
timide lorsqu'il s'arrêtait sur lui, faisait passer dans son cœur un tressail-

lement délicieux ; du reste, en lui
montrant un tendre intérêt, elle ne
lui témoignait aucune préférence. La
franchise et l'abandon naturels à son
caractère la rendaient également aimable pour ceux qu'elle avait distin-
gués : certaine d'ailleurs de son empire sur Oscar, elle en jouissait dans
le secret de son âme ; et comme rien
n'était borné dans ses sentimens, et
possédant en elle-même les élémens
d'un dévouement extrême, Mareska
prenait plaisir à s'assurer qu'Oscar
en était digne ; tout en sentant bien
qu'il est difficile de juger celui qu'on
aime, elle cherchait de nouvelles
raisons de l'aimer davantage. Cette
femme, aussi tendre qu'entraînante,

lui réservait aussi une preuve de confiance sur laquelle elle fondait son
espoir pour l'avenir, et qui devait
unir ou séparer à jamais leurs
destinées, lorsque la marche des
événemens mit en défaut sa prudence et retarda l'exécution de ce
projet.

Quelques adorateurs de Mareska
avaient vu avec chagrin qu'elle avait
admis dans sa familiarité le jeune
seigneur suédois, qui était un étranger pour eux. Eclairés par la jalousie,
ils découvrirent le penchant qui les
portait également l'un vers l'autre, et
cette conviction, en blessant leur
amour-propre, anéantit le reste d'es-

poir qu'ils conservaient encore tant qu'ils ne remarquèrent point de rivaux qui leur fût préféré. Plusieurs d'entre eux brisèrent avec dépit les chaînes qu'ils avaient portées sans fruit ; d'autres abandonnèrent leurs prétentions de bonne grâce, pour continuer à jouir de la société d'une femme célèbre et d'une amie incomparable. Mais le jeune Lidoff, qui avait entraîné le comte sur les pas de Mareska en lui vantant son mérite, ne put voir sans ressentiment l'avantage qu'il remportait sur lui. Il était d'une des premières familles de Russie, et avait offert à Mareska son alliance et son immense fortune. Ad-

mirateur de sa beauté, enthousiaste
des arts qu'elle cultivait, enivré de
la gloire qu'elle avait acquise parmi
ses compatriotes , il avait mis tout
en œuvre pour vaincre son système
d'indifférence, et se flatta un instant
d'y avoir réussi. Cependant Mareska,
en repoussant les offres de Lidoff,
lui avait marqué sa reconnaissance
par une distinction qui, si elle ne le
dédommageait point de ses refus, satis-
faisait du moins sa vanité ; et il sup-
portait la rigueur de son sort sans
murmurer, puisque nul autre n'était
plus favorisé que lui. Que devint-il
donc lorsque les assiduités d'Oscar,
les nuances imperceptibles de préfé-

rence que lui accordait Mareska,
auxquelles son cœur envieux ajoutait
encore, vinrent confirmer sa perte et
son malheur? Ce coup imprévu fut
suivi d'un sombre désespoir. En vain
les sourires de la belle Mareska venaient le trouver dans la foule où il
restait désormais confondu, il ne put
supporter cette pitié cruelle ni rester le
témoin du bonheur d'un autre, et se
retira en jurant de se venger de l'ennemi de son repos. Personne ne se
douta du motif de sa retraite, et, à
la veille de l'orage qui grondait déjà
sur leurs têtes, Oscar et Mareska, en
proie au délire qui accompagne les
premiers jours d'un amour mystérieux, bénissaient séparément le ciel

qui leur accordait une félicité pure ,
sans mélange de troubles et de
craintes.

Ils allaient souvent ensemble visiter
le bon ermite. Là , dans cet asile de
paix , ils s'étaient vus ! ils s'étaient
aimés ! Tous deux avaient le même
motif pour que ce lieu leur fût dou-
blement cher. Depuis quelque temps
ils y étaient attiré par un intérêt de
plus encore, car Ramire partageait la
solitude d'Edgard, et ne comptait des
jours de fêtes que lorsqu'il voyait le
comte et sa divine amie.

Le filleul d'Oscar avait captivé la
bienveillance du vieux solitaire, qui
avait obtenu de le garder près de lu
pendant le séjour de son parrain à

Ladoga. Il se proposait non-seulement de continuer son éducation et
d'enrichir son esprit des trésors de
son expérience, mais d'assurer son
sort à venir de concert avec son protecteur. Celui-ci ne put refuser à
Edgard une consolation qui devait
tourner au profit de l'aimable orphelin ; absorbé d'ailleurs par un sentiment exclusif, il négligeait son jeune
ami.... Ce fut donc avec joie qu'il le
remit momentanément aux soins du
bon ermite. Ramire, triste quoique
soumis, se sépara de son parrain
qu'il chérissait plus que tous les biens
et les sciences du monde ; baissant
la tête il essuya une larme furtive qui

coulait sur sa joue veloutée. — Tu
pleures, lui dit Máreska qui se trouvait présente à cet arrangement ,
pauvre petit ! ce sont peut-être tes
premières larmes... — Ah! madame ,
repondit Ramire , on voudrait toujours vivre avec celui à qui l'on a
donné son cœur.....! — Dans cet
instant la même pensée avait pénétré
Oscar et Mareska. Leurs regards
attendris se rencontrèrent , et tous
deux, pour cacher leur trouble , dépo-
sèrent un baiser sur le front du sensible
orphelin. Il s'en trouva consolé, et ,
craignant d'avoir chagriné le vieillard,
il alla se jeter entre ses bras , en l'ap-
pelant son second père. Le comte

promit de venir le revoir souvent, et il tint un engagement qui ajoutait toujours à ses plaisirs; car alors, en contemplant Mareska loin d'un monde importun, il lui semblait que ses grâces, sa beauté, son esprit étaient à lui seul....

Libre du soin qu'il s'était prescrit, il se livra sans réserve et sans distraction à la passion inexprimable qui remplissait son âme. Un nouveau jour venait de luire sur la destinée du jeune comte; sa santé était revenue avec les impressions d'un second amour. S'oubliant donc tout entier dans les délices rassemblées autour de lui, la pauvre Edile n'était plus pour son cœur que le souvenir d'un rêve heureux que le réveil a détruit, et qui se trouve remplacé par la plus séduisante réalité.

CHAPITRE V.

UN soir qu'Oscar se rendait auprès de Mareska et qu'il s'attendait à la voir entourée de sa société ordinaire, il fut surpris d'apprendre qu'elle avait passé tout le jour dans son laboratoire, et qu'elle y était encore. Il brûlait du désir de partager une fois cette solitude, où son génie avait reçu de divines inspirations. Après avoir fait solliciter cette faveur, il suivit par entraînement la personne chargée de porter son vœu à Mareska,

et à peine l'avait-elle accueilli en or-
donnant qu'Oscar fût admis auprès
d'elle, que déjà il était à ses pieds.
Les sensations qu'il éprouva en entrant
dans le temple dont celle qu'il adorait
était la divinité, le portèrent à se
prosterner ainsi, et il ne se releva que
lorsque Mareska, en riant, le pria
de jeter un coup d'œil sur le petit
univers qu'elle s'était créé. En effet,
elle avait rassemblé autour d'elle tout
ce qui pouvait élever et soutenir son
exaltation. Le science même prenait
un aspect gracieux lorsque sa bouche
la professait, parce qu'elle savait éloigner d'elle l'affectation et l'aridité.
Des cartes, des globes, une infinité
de manuscrits se trouvaient parmi

des peintures et des fleurs; partout
on voyait une image agréable et fraîche
auprès des objets les plus graves , et
ce lieu rendait l'idée qu'on se fait de
l'imagination d'un poète qui sacrifie
souvent le savoir à la grâce. — Voilà qui
est bien imposant, dit pourtant Mareska à Oscar avec un air de malice : le
boudoir d'une jolie femme serait d'un
abord plus charmant. — Le comte saisit cette circonstance pour abjurer l'injuste prévention qui long-temps avait
trompé son jugement , et fit de la
meilleure grâce du monde une répa-
ration authentique aux charmes de
l'esprit qu'il ne trouvait plus incom-
patibles avec mille qualités précieuses
dans la vie familière. Cependant

Mareska, qui redoutait les dangers
d'un tête-à-tête où souvent l'on re-
tombe malgré soi dans une douce
personnalité, voulut enchaîner l'attention d'Oscar; et le faisant donc
asseoir près de la table où elle écri-
vait, elle laissa son travail pour continuer à analiser avec lui le sujet de
conversation qu'elle avait amené à
dessein. D'abord elle convint que le
pédantisme qui se joint au savoir chez
la plupart des femmes devait pro-
duire l'éloignement naturel d'un
sexe qui ne recherche ordinairement
que les agrémens extérieurs de l'autre.
— Il est vrai, continua-t-elle, qu'a-
vec toute la simplicité possible on
ne peut méconnaître les dons que

l'on reçoit de la nature ; il existe un
noble orgueil qui donne à l'homme
de génie le sentiment de ce qu'il
vaut, et il y a en lui peut-être plus de
bonhomie a en convenir, qu'à repousser le tribut d'éloges qu'il attend
de ses contemporains et de la posté-
rité ; mais il est aussi un principe de
modestie qui n'est connu que des
êtres privilégiés. En approchant des
grandes vérités, ils ont mieux connu
les bornes de l'esprit humain ; en per-
çant dans la nuit obscure des temps,
en élevant leurs regards vers le grand
moteur de tout, ils ne sentent plus
que leur faiblesse. S'ils se croyent
quelquefois supérieurs à leurs semblables, seuls avec eux-mêmes ils

sont prêts à perdre courage et ne voient plus que leurs doutes et leur ignorance. Un être vraiment pensant jouit de ses facultés avec reconnaissance pour la divinité qui les lui a données avec la vie ; il exhale autour de lui cette surabondance de sensations comme une fleur offre son doux parfum à celui qui vient la cueillir ; mais la froide vanité, le pédantisme enfin, ne gisent que dans les âmes médiocres, et méritent l'éloignement qu'ils inspirent.

Une femme qui, sans y être appelée par la nature et par son éducacation, se voue aux études sérieuses, qui par là se croit en droit de mépriser les faiblesses de son sexe et d'en dédaigner les devoirs, est en effet un composé de science et de sottise qui provoque la critique, justement exercée contre elle; j'aime à croire que si Mareska avait joint ce ridicule à ses faibles talens, Oscar serait resté fidèle à une opinion qui n'eût été que trop fondée. Mais, ajouta-t-elle, sans avoir les grandes vues qui appartiennent aux esprits supérieurs, je n'ai jamais fait que céder à une impression plus forte que moi-même. J'ai pensé, j'ai senti fortement, et le sentiment m'a donné l'expression; du reste je sais peu....; cependant j'ai de la poésie dans l'âme, et la réputation que j'ai acquise ne tient qu'à cette disposition dont j'ai tiré parti;

je ne saurais en concevoir de vanité,
car elle ne m'appartient pas.

Oscar était déjà fait au langage vif
et concis de Mareska ; il commençait à le comprendre ; et plus elle dé-
veloppait ses intimes pensées, plus il
trouvait de motifs de l'admirer : cette
fois elle répondait si parfaitement aux
idées qu'il avait conçues lui-même,
qu'il ne pouvait se lasser de l'entendre ; et cette manière de s'exprimer,
aussi simple que victorieuse, captiva
toute son âme. — Oui, lui disait-il,
je ne connais rien de si attrayant
que l'esprit uni à la bonté : en voyant
Mareska je crois à ce prodige ; et,
vaincu par l'exemple, je puis maintenant admirer les femmes qui lui res-

sembleront, pourvu qu'on me per-
mette de n'adorer qu'elle. — Ce mot
échappé à Oscar mit fin à un entretien sérieux auquel il était peu disposé : car dans ce lieu consacré aux
arts et à l'étude il ne respirait que
l'amour. Renfermé avec celle qui
brûlait son cœur, ses regards atta-
chés sur elle, il semblait embrasé
du feu qui brillait dans les siens ; et
sa bouche eût voulu recueillir chacune des paroles charmantes avec
lesquelles elle l'enivrait. Mareska vit
bien qu'il fallait renoncer à re-
tenir davantage son attention ; ce fut
en vain aussi qu'elle l'engageait à se
retirer. Minuit avait sonné, et Oscar
n'écoutait plus ce signal ordinaire de

séparation. La liberté, le silence qui regnaient dans cette délicieuse retraite exaltaient son imagination ; ne pouvant en arrêter les transports, il s'écria :—O Mareska ! femme céleste ! s'il fallait te perdre un jour, pourquoi te montrer si belle et si touchante ? Ah ! crois-moi, l'univers ne saurait remplir un cœur où tu as régné : il faut posséder ton amour, ton éternel amour, ou mourir ! — Oscar, lui dit-elle avec tendresse, il faut vivre...., pour moi. — L'accent avec lequel elle prononça ces paroles avait presque révélé à Oscar un bonheur auquel il n'eût osé prétendre, et qu'il ne pouvait croire encore. Hors de lui, et craignant d'être

abusé par une illusion trompeuse, il
restait dans un désordre inexprimable, implorant de Mareska un mot
de plus qui anéantît ou comblât son
espérance. Elle vit alors avec une
sorte d'effroi l'effet qu'elle avait produit sur ses sens, et combien elle avait
égaré sa raison ; cherchant donc à le
rappeler à lui même, elle lui dit d'un
ton solennel : — Vous ne connaîtriez
encore par ma réponse que le cœur
de Mareska, et elle doit compte de
sa vie à celui qui seul a su appro-
cher de son âme. Oui, Oscar, je
veux vous faire lire dans ma destinée;
demain vous saurez de moi tout ce
qu'il m'est permis de vous dire : et
si, après avoir reçu cette preuve de

confiance, vous pensez encore comme aujourd'hui..., la mort sera moins forte que l'amitié qui nous unira. — Chère et divine amie, reprit Oscar avec passion, pouvez-vous douter d'un cœur qui suffit à peine à vous adorer? Que pourrais-je apprendre qui pût changer un sentiment tel que le mien! Ah! c'est faire injure au plus tendre amour qui fut jamais. — Oscar n'apprenait rien à Mareska; elle l'avait vu mille fois prêt à se trahir par des transports dont il contenait la violence; et dans sa retenue, dans son silence même elle trouvait le témoignage de l'amour qu'elle partageait. Mais en jouissant du plaisir indicible de régner tout

entière sur l'objet de son choix,
elle cherchait à assurer leur commune félicité; Mareska, bien persuadée qu'elle ne se trouve que dans
l'union des âmes, voulait posséder
celle d'Oscar et lui livrer toute la
sienne. Insistant donc sur son éloignement présent, elle lui répéta que,
destinant le lendemain aux épanche-
mens de l'amitié, elle prendrait des
précautions pour n'être pas troublée
pendant ce jour, qu'elle regardait
comme le plus sérieux de sa vie.
Oscar obéit en se séparant de Mareska, et il lui sembla qu'il emportait du bonheur en son âme pour
des années d'existence.

Peu d'instans après il traversait

les rues de Ladoga pour retourner
chez lui; le froid était si rigoureux
qu'il avait préféré s'y rendre à pied.
Sa voiture le devançait donc de quelques pas, et la nuit était si avancée
que le chemin qu'il parcourut était
absolument désert. Cependant la
sombre jalousie veillait au milieu de
ce calme universel. Lidoff, bravant
les élémens et ne sentant que les fu-
reurs dont il était dévoré, errait aux
environs de la demeure de Mareska;
il en vit sortir Oscar : cette preuve
de leur intimité porta son désespoir
à l'excès, et, n'écoutant plus que lui,
il s'avança vers le comte en mettant
l'épée à la main. — Suédois, lui dit-
il à voix basse, défends ta vie contre

Lidoff offensé. — Oscar, surpris par
cette attaque imprévue, n'eut que le
temps d'y répondre en opposant son
fer à celui qui le menaçait, et ne
cherchait qu'à se défendre, lorsque
son adversaire, se jetant sur lui avec
une ardeur insensée, fut atteint d'un
coup mortel qui le fit tomber aussitôt.
Le comte désolé reçut Lidoff dans ses
bras et se mit en devoir d'arrêter son
sang qui coulait en abondance. —
Laisse-moi mourir, lui dit le malheureux Russe; je ne t'eusse point épar-
gné, mais je te pardonne... Dis à
l'ingrate Mareska qu'elle a seule amené le terme de ma vie, et surtout...,
étranger, crains pour toi-même les
séductions d'une femme insensible...

elles causent le malheur et la mort. —
En finissant ces mots Lidoff expira.
Ainsi s'anéantirent les qualités les plus
brillantes, un cœur tendre et généreux, mais égaré par une passion terrible qu'il avait follement nourrie
d'une fausse espérance.

Rien ne peut rendre l'état où se
trouva le comte après cet affreux événement; il n'avait pas été en sa puissance de le prévoir ni de l'éviter, et
pourtant il s'accusait d'avoir déchiré
le sein d'un honnête homme qui n'a-
vait été coupable que d'aimer comme
lui : car si, en amant passionné, il
s'était réjoui d'abord de la disgrâce de
son rival, il rendait justice à son mérite, et en le regardant comme sa

victime, il lui devint presque cher.
Les gémissemens d'Oscar en cette occasion eussent averti les habitans de
Ladoga de l'accident de cette nuit, si
ses gens, inquiets de ne le point voir
arriver, ne fussent venus au-devant de
lui. Ils l'arrachèrent de ce lieu funeste,
et s'occupèrent de sa sûreté, à laquelle
il était encore incapable de songer. At-
tendant le jour avec anxiété, ils sup-
pliaient leur maître de quitter Ladoga
sans retard, et de se mettre à l'abri de
la vengeance qui suivrait indubitable-
ment le moindre soupçon de la part
des Russes ou des parens de Lidoff.
Le comte sentait la justesse de ce con-
seil; mais, hélas! pour le suivre, il
fallait s'éloigner de Mareska! renon-

cer au bonheur qui lui était promis !
et il n'avait pas le courage de briser
volontairement des liens qui à peine
formés avaient déjà la force que leur
donnait un amour indestructible.
Pour se rassurer contre le danger
qu'il courait en restant, Oscar réunis-
sait toutes les raisons qu'il avait de
reprendre sa sécurité. Personne n'a-
vait eu connaissance de sa rencontre
avec Lidoff que ses gens dont il était
sûr ; aucun indice ne pouvait déceler
la part qu'il avait eue dans cet affreux
événement, et d'ailleurs il se sentait
plus de force pour en attendre les suites en cas qu'elles lui fussent fâcheuses,
qu'il n'en avait pour abandonner par
excès de prudence celle qui était de-

7 *

venue le seul intérêt de sa vie. Il demeura donc paisible en apparence,
mais portant dans son cœur le cruel
regret d'avoir trop bien défendu ses
jours... Oscar se rappelait aussi les
dernières paroles de l'infortuné Russe;
il les avait reçues comme une plainte
des cruautés de Mareska envers lui;
toutefois, s'il la regardait comme la
cause de son malheur, il était loin
pourtant de l'en accuser; car, lui-
même, n'avait-il pas été l'instrument
d'une horrible fatalité! Malgré cette
interprétation, il éprouvait au fond
de l'âme un trouble qui semblait s'ac-
croître à force de réflexion, et il sentait le besoin pressant de recevoir les
conseils d'un ami sage. Dès qu'il fut

certain de l'obscurité dans laquelle
était resté le déplorable événement de
la nuit précédente, il se fit conduire à
la grotte d'Edgard après avoir écrit un
billet à Mareska pour la prévenir de
son absence, dont il promettait de lu
apprendre la cause avant la fin du jour

Cet avertissement arriva peu d'instans après que Mareska fut instruite
de la mort de Lidoff, et vint lui
donner la funeste explication de ce
qui s'était passé. Le désordre qu
régnait dans la lettre d'Oscar, son
éloignement subit, ne lui firent que
trop pressentir l'affreuse vérité ; elle
frémit.., et sentit toute la force de
son amour au moment où celui qu'elle
aimait se trouvait menacé. Elle fi

prier le comte de ne point quitter la
grotte qu'il n'eût reçu de ses nouvelles,
se réservant d'agir pendant ce temps
pour sa sûreté et pour leur réunion
prochaine. Jamais elle n'avait éprouvé
de si vives alarmes, mais c'est alors
que, réunissant toutes les forces de
son âme, elle se promit de sauver
Oscar, à quelque prix que ce fût,
de la vengeance des compatriotes et
des amis de Lidoff; car elle était
persuadée (et son cœur le lui disait) que le comte n'avait fait que
céder à la nécessité, et qu'il était
innocent ; cette journée se passa en
suppositions de la part des habitans
de Ladoga, qui n'avaient rien encore
d'inquiétant pour Oscar. Mareska alla

secrètement l'en assurer, et reçut en même temps la conviction de ce qu'elle avait trop appréhendé.

Le jour suivant elle recueillit avec soin les détails qui circulaient sur cet événement, et admit toutes les personnes qui se présentèrent chez elle. Avec une affliction qui n'était que trop véritable, elle entra dans les conjectures que chacun formait à ce sujet, en cherchant à éloigner les soupçons qui auraient pu atteindre Oscar avec l'adresse et la présence d'esprit que peuvent donner l'amour uni à la crainte d'un pressant danger. Elle croyait y avoir réussi, lorsqu'un ennemi secret du comte (et par le même sentiment qui avait perdu Li-

doff), le nomma hautement, en insistant sur les motifs qu'il avait de croire que l'aimable Russe faisait depuis long-temps ombrage à cet étranger. Mareska pâlit pendant cette accusation hardie, qui était portée devant une société nombreuse et grave, dont elle avait tout à redouter; craignant de perdre le coupable en voulant le défendre, ou qu'on ne devinât ses craintes dans son empressement à repousser les soupçons, elle demeurait interdite et tremblante....
Déjà ils paraissaient prendre quelque consistance, et tout ce qui pouvait les rendre vraisemblables acquérait un degré de certitude en passant de bouche en bouche, chaque mot qui

était prononcé à demi-voix semblait à Mareska l'arrêt d'Oscar... Le moment était décisif... Se dévouant donc pour arrêter l'effet d'une clarté si funeste, et oubliant toute autre considération, elle se remit et dit avec un air de simplicité que le comte, à la veille d'un voyage de quelques jours, était venu prendre congé d'elle et ne l'avait quittée qu'à deux heures de la nuit, laissant aux personnes devant lesquelles elle parlait le soin d'ajouter qu'à cette heure le malheureux Lidoff était déjà transporté chez lui par ses gens qui l'avaient trouvé baigné dans son sang, circonstance dont Mareska s'était fait instruire positivement ; mais si l'on abandonna la première idée

qui pouvait devenir fatale à Oscar,
on ne manqua point de concevoir des
doutes offensans sur Mareska. Sa réputation demeurée intacte et son caractère respecté jusqu'alors reçurent
une atteinte qu'elle venait de prévoir
et de mépriser ; car , que peut l'opinion du monde sur un cœur capable
d'héroïsme ? Mareska lut aussitôt sur
les visages la diversion qu'elle avait
produite , et l'effet de ce mot que l'on
attribuait à une imprudente franchise.
Ses amis en étaient chagrins et ne
concevaient pas que le trouble où
elle était pût amener un pareil aveu;
ils eussent voulu en réparer les con-
séquences , mais cela était d'autant
plus impossible que Mareska, par un

hasard singulier, avait annoncé, dans cette soirée même, qu'elle désirait rester seule, et que plusieurs des personnes présentes n'avaient pu être reçues chez elle. Ceux qui portaient un sentiment d'envie plus particulier au jeune Suédois triomphèrent de l'accablement qu'allait éprouver celle dont ils avaient été dédaignés ; et par une bizarrerie assez commune, ils jouissaient de leur vengeance, quoiqu'ils en souffrissent davantage. L'opinion générale fut que Mareska, en cette occasion, venait de braver les convenances pour se préparer à les oublier entièrement, et qu'elle abusait de cette partialité qui s'était toujours déclarée en sa faveur pour sa

tisfaire ses goûts aux dépens de la vertu.
Elle trouva de la sévérité dans ces
esprits dont l'amour-propre venait
d'être froissé, et lorsqu'on la quitta
elle n'avait obtenu grâce et miséri-
corde que dans le cœur de ses intimes
amis.

Mareska sentit tout cela, et quoiqu'elle eût toujours été sensible aux
jugemens des autres, et que l'honneur
d'une femme lui parût avec raison son
bien le plus précieux, elle venait d'en
sacrifier l'apparence avec joie pour sauver l'homme de son cœur : peut-être
même l'eût-elle fait pour tout autre dont
l'innocence lui eût été connue, parce
qu'elle avait dans son âme le sentiment du véritable héroïsme, et qu'elle

devint plus grande à ses yeux quand elle eut perdu à ceux des autres un lustre qui long-temps avait fait sa gloire et son bonheur.

La ruse qu'elle venait d'employer et qui lui avait été inspirée par la plus vive tendresse ne fut point sans succès. Chacun demeura persuadé que le comte suédois heureux, et favorisé par l'amour, n'avait point de motifs de haine contre Lidoff, ni de vengeance à exercer ; on ne se rappela aucune espèce d'altercation entre eux, et l'on abandonna l'idée qu'Oscar fût pour quelque chose dans le malheur qui l'avait privé de la vie, d'autant que le jeune Russe d'un naturel silencieux et mélancolique avait tou-

jours caché avec soin la cause du mal
qui le dévorait. Sa famille désolée ne
put donc, malgré ses ardentes recher-
ches, pénétrer ce douloureux mystère.
Enfin ce moment de crise cessa : tout
rentra dans l'ordre accoutumé.

Lidoff avait été son propre bour-
reau, et si l'on donna des larmes à son
souvenir, tout resta en paix autour
de ses cendres qui ne demandaient
point une injuste vengeance.

Le cœur d'Ocar seul n'était point
tranquille, il avait souvent repoussé
l'ennemi et s'était plus d'une fois
réjoui de sa défaite, mais il n'enétait
point ainsi des circonstances présentes, elles n'avaient pour lui qu'un aspect
sombre et pénible. Une tristesse con-

tinuelle se peignait sur son front,
la pensée de Lidoff mourant était
toujours dans sa mémoire et semblait menacer son avenir. Cependant
près du vertueux Edgard il se trouvait
au sein des consolations réelles : cet
homme dont l'âme était trampée
energiquement, et qui en avait donné
la preuve dès son jeune âge, pouvait
entendre et parler le langage de la
douleur. Il partagea celle d'Oscar et
cherchait à en adoucir l'armertume en
lui répétant que sa faute étant involontaire il ne devait point se laisser
abattre par des regrets trop violens
ou par des remords qui n'appartiennent qu'à l'homme criminel. Les
discours du vieillard, la tendresse de

Ramire portoient un peu de calme
dans l'âme du malheureux Oscar; et
la présence de Mareska acheva de
lui donner par intervalle le sentiment d'oubli qui pouvait seul le
ramener à un état paisible. Elle
était allée lui annoncer que tout
espèce de danger avait cessé pour
lui, sans dire quel moyen elle avait
hazardé pour écarter les soupçons
qui planaient sur lui. Oscar adorait
Mareska, il lui devait les uniques
momens de bonheur qu'il pût
goûter encore sur cette terre étrangère, mais il ignorait à quel prix
elle avait voulu conserver son repos
et sa vie. Il n'appartient qu'aux
femmes de surpasser en amour la

pensée même de ceux qu'elles aiment !

Ce ne fut qu'au bout d'un certain temps qu'Oscar remarqua la désertion de quelques personnes habituellement reçues chez Mareska, et quoiqu'elle vît ordinairement peu de femmes, il s'en trouvait pourtant toujours quelques-unes dans son intimité, qui, sous différens prétextes ne reparaissaient plus. Il ne s'avait à quoi attribuer ce changement presque général, et trouvait d'abord un plaisir infini à rencontrer Mareska plus souvent seule; puis il craignit ensuite qu'elle ne vînt à souffrir de cet isolement qui ressemblait à l'abandon, et que son amour et ses soins

ne parvinssent pas à l'en dédommager.
Oscar n'avait point encore obtenu
l'aveu d'une tendresse qui lui avait
été prouvée plus fortement que par
des paroles; mais il ne cessait d'exprimer la sienne, croyant encore n'a-
voir reçu en retour que la plus délicieuse amitié; heureux de ce sentiment,
il eût préféré la simple affection de
Mareska à tous les amours de la terre,
et sans le savoir il la payait du plus
grand sacrifice qu'elle avait été à portée de faire pour lui. Cependant leurs
âmes ne s'entendaient pas encore
puisqu'ils avaient des secrets l'un
pour l'autre.... La consternation qui
suivit la mort prématurée de Lidoff
répandait une teinte lugubre sur leurs

entretiens, et pendant long-temps ce triste sujet fut le seul qui occupât leurs tête-à-têtes Il avait fait une si vive impression sur le comte que de ce moment il ne retrouva plus de sérénité, et Mareska malgré ses efforts ne pouvait la rappeler dans ses esprits abattus. Elle-même se trouvait plus sensible qu'elle ne l'eût pensé au délaissement qui devenait pour elle la marque d'un mépris dont son innocence ne savait pas toujours la consoler : elle résolut alors de réunir tous ses sentimens sur l'objet bien cher qui lui causait ce mal passager, et de ne plus mettre qu'en lui ses espérances et ses plaisirs.

— Les ingrats ! disait-elle dans ces

heures de solitude, ils ont applaudi à de faibles talens, et méconnu mon cœur; ils m'abandonnent à la moindre apparence d'une faute, et la palme du génie qu'ils m'ont cent fois offerte ne peut me mettre à l'abri de leur sévérité. Que faut-il donc pour obtenir grâce des hommes? — Mareska, à cette idée décourageante pour tout autre, reconnut plus fortement la nécessité de se soutenir par sa propre dignité, et de n'aimer la vertu que pour elle-même, puisque sa récompense n'est pas de ce monde. Elle se promit aussi de devenir plus indulgente encore, pour les erreurs qui viennent de l'âme, et qui souvent s'arrêtent où commence le triomphe de cette vertu qu'elle adorait

Mais les jours brillans de Mareska étaient comme obscurcis dans les lieux où elle avait été tant admirée ; aussitôt que des êtres médiocres osèrent la juger, l'envie se montra sous toutes les formes. On crut s'élever en cherchant à abaisser son mérite, et affaiblir la gloire qui accompagne le génie, en blâmant les principes et la conduite de Mareska. Elle avait appelé l'orage pour ainsi dire, aussi ne l'étonna-t-il point lorsqu'il vint à éclater. Toute sa crainte était qu'Oscar n'en fût effrayé pour elle, et n'en apprît enfin la cause. Dans cette extrémité elle pensa justement que l'ab-

sence change les idées des hommes,
et dès lors, elle prit la résolution de
s'éloigner pendant quelques temps.
La mélancolie que conservait Oscar
lui avait donné la première idée de
l'engager à se distraire par des voyages intéressans ; elle lui parla donc de
son projet en manifestant le désir qu'il
l'accompagnât dans les contrées de la
Russie qui lui étaient encore incon-
nues. Le comte saisit avec transport
une intention qui avait pour lui tant
de charmes, et leurs apprêts furent
faits avec toute la promptitude que la
jeunesse et l'amour savent mettre à
ce qui sauve d'une peine et promet un
plaisir.

Cette démarche accrédita, sans

doute les bruits qui circulaient sur
Mareska, toutefois il n'entrait pas
dans son caractère de se sacrifier seulement aux apparences. Elle conservait ses forces et sa vigueur pour les
occasions où il fallait s'immoler à un
devoir réel, et elle avait eu dans le
cours de sa vie d'autres sujets d'une
attention sérieuse sur elle-même,
sans prendre pour règle de sa destinée les chimères que la plupart des
hommes encensent à la place de la
véritable vertu.

Ah! combien cette épreuve donnait à Mareska le désir d'acquérir un
ami sincère qui l'aimât encore quand
tous les autres cœurs auraient changé
pour elle, qui lui tînt lieu des vaines

jouissances que les événemens ou le moindre caprice pouvaient anéantir! L'heure était venue enfin, où la plus indépendante des femmes par sa situation et par son génie sentait le besoin de s'entendre avec une seule âme ; et dans cette faiblesse même, elle conservait tant de sublimité qu'elle pouvait se dire au-dessus du jugement des hommes.

Elle partit donc, ainsi qu'Oscar ; ils étaient suivis des gens qu'il avait amenés de Suède, et d'une femme au service de Mareska ; la saison, très-rigoureuse alors, était le temps de l'année le plus propre aux voyages qu'ils avaient projetés. Après avoir pris divers arrangemens avec le bon ermite pour les lettres qui pouvaient être adressés au comte, ils se séparèrent de lui et de Ramire, en leur promettant d'être de retour pour les premiers jours du printemps.

CHAPITRE VI.

La variété des lieux, l'aspect de la nature si diversifiée dans ses beautés, surtout au milieu des contrées agrestes que parcourut Oscar, effacèrent peu à peu les dernières traces de sa mélancolie en le forçant à une observation continuelle. La présence de la femme qu'il idolâtrait, le bonheur de se sentir à ses côtés, de respirer son souffle, donnaient aux heures écoulées ainsi une surabondance de vo-

lupté, et il passait sans cesse de l'admiration à l'ivresse la plus douce.
Quelquefois la rapidité de la course
lui dérobait le spectacle des rivages,
des bois, des montagnes qui semblaient fuir et changer à sa vue; mais
alors il vivait entre la réflexion et le
sentiment, et cette jouissance presque
machinale, constituait encore ses plaisirs. Dans les déserts qu'il traversait,
il oubliait les hommes qui se disputent
l'univers. Plus souvent, effleurant en
traîneau le surface des fleuves et des
lacs, il ne voyait entre le ciel et une
mer de glace que l'amante de son
cœur, et cet isolement du reste du
monde, le rendant plus libre et plus
heureux, il se sentait une autre âme,

8 *

faite pour savourer une félicité si nouvelle et digue de la recevoir.

C'est dans cette disposition que le
comte atteignit les régions du nord
de la Russie..., où des hommes exis-
tent dans l'esclavage, sans s'inquiéter
s'il en est de plus fortunés, et si la
terre offre un climât plus doux que le
leur, et une condition meilleure. Il vit
aussi des peuples guerriers, d'autres
errans, dont la liberté équivaut pour
le bonheur aux délices qu'ils connais-
sent et qu'ils méprisent : leurs mœurs,
leur religion sont différeutes, cependant ils s'accordent sur un point favorable aux voyageurs; tous mettent
l'hospitalité au premier rang dans les
vertus qu'ils pratiquent, et ne se

croyant point pauvres parce que leurs besoins sont bornés, ils partagent avec plaisir le nécessaire qu'ils sont reconnaissans de voir accepté.

Malgré ce secours qu'Oscar et Mareska trouvaient également partout, et les précautions qu'ils avaient prises à l'avance pour rendre leur excursion le plus agréable possible, ils eurent à souffrir quelquefois des rigueurs excessives du froid et de mille incommodités auxquelles il était difficile de remédier; mais la fatigue, les privations perdent de leurs violence, quand elles sont partagées, et d'ailleurs, quel pays du monde ne paraît beau à deux amans qui le visitent ensemble !

Oscar apprit dans ce voyage à con-

naître les hommes dans l'état où ils
sont le moins éloignés de la nature
primitive, et où il est plus intéressant
de les étudier; ces idées se formèrent
et s'établirent par les comparaisons
qu'il fut à portée de faire; la conversation de Mareska, nourrie des connaissances qu'elle avait acquises,
acheva de développer l'esprit et le
cœur du jeune comte. Elle était arrivée au but qu'elle s'était proposée;
celui auquel Mareska voulait se donner pour la vie n'avait plus rien à
apprendre que de son âme!

Ils avaient quitté ces peuplades
naissantes, et se retrouvaient dans la
Russie d'Europe, lorsque traversant
le Wolga près de Kostroma, ils fu-

rent surpris par un vent du Nord qui les obligea de chercher un abri sur les côtes avant d'avoir atteint l'endroit désigné pour le gîte du soir. Ils gagnèrent avec peine le toît d'un pêcheur où ils trouvèrent un asile misérable, mais précieux dans cette circonstance, car le temps devenait plus affreux de moment en moment, et, depuis leur arrivée, un ouragan terrible, mêlé de tonnerre et de neige, avait déraciné les arbres épars autour de la cabane où ils s'étaient réfugiés, et l'ébranlait elle-même.

Les gens dont ils étaient suivis, ainsi que le pêcheur, causaient gaîment pendant la durée de l'orage sans

paraître songer au danger qu'ils pouvaient courir. Mareska seule était fortement émue; et, pour la première
fois, Oscar la voyait rêveuse et de-
meurant comme étrangère à tout ce
qui se passait autour d'elle. Il tenait
sa main en imitant son silence, pendant que ses regards semblaient lui
dire : — Il serait trop doux de mourir
ainsi ! — La nuit arriva sans rien
changer à leur situation; il fallut donc
se décider à la passer dans un lieu
d'où l'on ne pouvait sortir avec sécurité.

Les voyageurs firent un repas fru-
gal apprêté par le pêcheur, après
quoi le Russe hospitalier alimenta le
poêle, alluma des feux de résine et

emmena les domestiques sous une
espèce de hangard où ils s'arrangè-
rent ainsi que lui pour trouver le
sommeil après les fatigues de la journée. Ils étendirent des peaux de mou-
tons sur la terre et s'en couvrirent
pour se préserver du froid, laissant
au comte et à Mareska le seul endroit
de la cabane où ils pussent veiller
commodément selon l'intention qu'ils
en avaient manifestée.

Lorsqu'ils se trouvèrent seuls, Oscar ne put s'empêcher de témoigner
à Mareska combien il était surpris de
l'effroi qu'elle avait laissé paraître; il
la savait au-dessus de son sexe, tant
par la force de l'âme que par ses lumières, et ne concevait pas la faiblesse

qui semblait l'avoir maîtrisè dans un moment où elle n'avait eu à redouter qu'un mal physique. — Détrpmpez-vons cher Oscar, lui dit-elle, lorsqu'il lui eut expliqué sa pensée. Le sentiment de frayeur que vous me supposez n'a aucun rapport à l'instant présent; il se rattache tout entier à une époque mémorable de ma vie que cette nuit me rappelle et qui a troublé mon âme; mais puisque nous sommes libres, ajouta-t-elle, profitons des heures que le destin nous accorde, je vais tenir ma promesse; Oscar vous allez savoir ma vie, mes pensées; et cet orage effrayant qui semble annoncer le dernier jour du monde, vous sera garant de ma sincérité, car

je me montrerai à vous comme si
l'Eternel allait me juger. Il faut enfin
que celui que j'aime puisse se répondre à lui-même de moi. — Après
avoir parlé ainsi, Mareska se recueillit
quelques minutes, pendant qu'Oscar
inquiet, attentif, l'enveloppait de four-
rures et veillait à ce qu'une nuit si
propice à l'amour, à la confiance,
n'eût point de suites funestes pour la
santé d'une personne si chère.

Le silence n'était interrompu que
par le fracas des élémens qui luttaient
l'un contre l'autre; les éclairs qui
sillonnaient les nues paraissaient em-
braser la cabane faiblement éclairée,
et l'on entendait au loin le craque-
ment des arbres qui tombaient brisés

par le vent : c'est au milieu de ce désordre universel que Mareska, ayant rassemblé ses idées, s'exprima ainsi :
— Je suis née à Sundswald de parens nobles et riches, vous verrez par la suite de mon récit quel motif me porte encore à taire le nom de ceux qui me donnèrent le jour. Ce qu'il m'est possible de vous dire actuellement, c'est que ma naissance fut presque un chagrin pour mon père; il avait déjà un fils âgé de quatorze ans qu'il chérissait avec passion , et il éprouvait quelque peine à partager cette affection si tendre. La constitution très-faible de ma mère s'altéra encore après m'avoir donné la vie ; depuis ce moment elle resta infirme ,

malade et ne fit plus que lutter contre un reste d'existence qui semblait toujours prêt à s'éteindre. Mon père ne put voir sans une extrême douleur la cause innocente de tant de maux, et ni ma faiblesse, ni ma destinée malheureuse ne l'attendrirent en ma faveur. Son cœur s'était fermé pour moi avant que j'aie pu connaître ma perte, ou mériter son amour. Cependant l'extrême bonté de mon frère vint à mon secours : lui seul versa sur le commencement de ma vie des plaisirs dont on n'apprécie pas toute la jouissance à cet âge, mais dont la privation fait déjà souffrir. Il me protégea, me soutint contre la sévérité paternelle, et toujours ses caresses et sa douceur me consolèrent des malheurs qui pesaient sur mon enfance. Rien ne peut rendre les soins, les attentions qu'il me portait ; il y avait une pitié si touchante dans les preuves de son amitié, que mon cœur jeune encore sentit tout ce qu'il était pour moi, et lui voua une reconnaissance et une affection qui devaient être éternelles.

J'avais atteint ma cinquième année lorsque je m'aperçus de quelques troubles dans l'intérieur de notre famille, mon père avait de fréquentes discussion avec ma mère malade et même avec son fils ; j'étais traitée avec plus de rigueur que jamais, et un peu négligée par mon protecteur.

Enfin je me ressentais des chagrins domestiques dont la cause m'était inconnue et me le fut long-temps ; je sais seulement que j'étais attristée de la froideur qui régnait autour de moi, et que mon âme éprouvait dès lors une ardeur qui n'eût demandé qu'à se répandre en même temps qu'elle se trouvait comprimée par l'idée cruelle d'être repoussée.

Une sœur de ma mère, qui vint à cette époque passer quelque temps avec nous, fut touchée de la situation fâcheuse où elle nous trouva, et prévit trop sa durée par les circonstances dont elle fut instruite : surtout par l'état déplorable de souffrance où sa sœur se trouvait réduite. Je lui parus

pour ma part mériter un sort plus
doux, car elle me voyait avec les
yeux de la plus indulgente tendresse;
quelquefois je l'entendais vanter mes
dispositions ; en excitant par là ma
confiance, elle faisait naître de petites
saillies de ma jeune imagination qui
en l'amusant arrachaient aussi un
sourire à ma pauvre mère, dont la
maladie n'avait point détruit entièrement la douce gaîté. J'ai appris depuis que, gémissant de ne pouvoir
m'élever près d'elle et me soutenir
contre les préventions de mon père,
elles convinrent secrètement ensemble
du moyen de m'enlever aux rigueurs
que j'éprouvais. Ma tante n'était point
mariée, sa vie était active autant

qu'indépendante, et sa fortune la
mettait à même de conserver cette liberté précieuse et de satisfaire ses
goûts. Elle était heureuse enfin, et si
elle me choisit pour ajouter au bonheur de son existence, ce fut surtout
pour assurer le mien. Vers la fin de
son séjour à Sundswald, elle proposa
à mon père de se charger de moi, de
m'adopter pour sa fille, et parut solliciter cette preuve de sa confiance
comme une grâce, afin de ne point
choquer son humeur par trop de
clairvoyance. Il accepta ses conditions, et consentit à sa demande,
après avoir consulté ma mère dont il
ignorait le désir; remettant donc à
ma tante ses droits sur moi, il ne se

réserva que celui de décider de mon
établissement, ou du moins d'y donner son aveu. Les grandes qualités
dont était douée l'âme de ma bien-
faitrice assuraient mes parens que
leur tâche était remplie, et que ce
choix aplanissait pour moi le chemin de la vie. Ils me remirent donc
sans inquiétude et sans regret entre
les mains de la plus vertueuse et de la
meilleure des femmes ; c'est ainsi que
je devins l'enfant adoptif de Laure
d'Atrive, sœur chérie de ma mère.

A cette nouvelle mon frère fit
retentir notre maison de ses murmures et de ses cris : il eût voulu,
disait-il, que l'on m'eût confiée à son
zèle, à son amitié, et que la tendresse

maternelle se fût reposée sur lui des soins auxquels il avait fallu qu'elle renonçât. Il osa même accuser mon père d'injustice, de cruauté, et lui reprocher de m'éloigner ainsi, en me cédant à la tendresse d'un autre. Son excellent cœur se montra dans cette circonstance tel qu'il était toujours, ardent et sincère, et lui fit obtenir le pardon de la violence avec laquelle il exprima ses sentimens : pour moi, je n'y vis que sa tendresse et promis en pleurant de ne l'oublier jamais. La veille du jour marqué pour mon départ, il me prit sur ses genoux, me fit mille caresses et me dit ces paroles que mon cœur a conservées : — Mareska, j'ai eu tort de souhaiter que tu restasses près de nous ; tu seras élevée plus convenablement par une tante qui sera pour toi une seconde mère , ma raison me le dit, et d'ailleurs nous ne sommes point maîtres de choisir notre sort. Pauvre petite , continua-t-il , sois heureuse, et rappelle-toi notre amitié... Un jour nous nous reverrons... Tu sauras qu'avant de nous quitter le malheur de ton frère avait commencé... mais à présent tu n'entendrais pas assez ses peines : souviens-toi seulement que dans la suite des temps il aura besoin d'une amie... Ce langage, quoique au-dessus de mon âge, excita mes pleurs, et j'embrassai mon frère avec la plus vive

affliction ; car j"étais désolée de l'idée
de ne le plus revoir. Je reçus aussi
les adieux de ma mére, et je vois encore les larmes qui coulaient sur ses
joues pâles et amaigries au moment
où elle me remit dans les bras de ma
tante. J'allai timidement baiser la
main de mon père et nous partîmes.
C'est ainsi que je quittai la maison
paternelle. Lorsque j'en fus éloignée,
toutes mes affections changèrent en
peu de temps et se portèrent avec la
la légèreté de l'enfance vers celle
qui me prodiguait sa tendre sollicitude. Les premières années de la vie
ne sont point celles des souvenirs ; ils
reviennent plus vifs et plus doux à
mesure que l'on avance dans la car-

rière que nous sommes destinés à
parcourir : du moins c'est ce que
j'éprouvai. Je ne songeai bientôt plus
à Sundswald, aux petites peines que
j'y avais connues, aux parens que
j'y avais laissés, et au bon frère qui
était comme perdu pour moi. Ma
tante captiva tout mon cœur et mé-
ritait bien, sinon mes sentimens ex-
clusifs, au moins le respect et la reconnaissance qu'elle sut m'inspirer
d'abord. Elle était une de ces femmes
que dans le monde on appellerait
peut-être singulière ou bizarre, mais
qui ne différait pourtant du vulgaire
que par les qualités dont son âme était
douée, et par quelques habitudes
particulières. De nombreux voyages

avaient occupé sa jeunesse, et l'étude
avait rempli le reste de son existence.
Elle savait beaucoup, et la bonté de
son cœur l'emportait encore sur les
connaissances et les grâces de son
esprit. Ce fut elle-même qui se char-
gea de mon éducation. Je suis son
ouvrage, et si je tiens d'elle mes faibles talens, je lui dois plus encore
pour le charme et la douceur qu'elle
sut répandre sur chaque heure de ce
temps heureux que j'ai passé près
d'elle. Avide des instructions qu'elle
voulait bien me donner, je saisis de
même ses goûts, ses sentimens, peut-
être ses systèmes ; ils avaient contri-
bué, disait-elle, à la paix dans laquelle ses jours s'étaient écoulés, et

elle se plaisait à faire passer dans mon
âme les élémens de félicité dont elle
avait su tirer parti pour elle.

L'exemple de ma mère, qu'elle
savait en proie à de nombreux chagrins malgré sa patience et sa résigna-
tion, l'avait d'abord éloignée du ma-
riage ; d'autres observations partielles
qu'elle eut occasion de faire par la
suite, et ses propres réflexions lui
apprirent qu'il est des caractères peu
faits pour supporter un joug inégale-
ment partagé : elle crut le sien de ce
nombre, et renonçant aux douceurs
comme aux obligations qu'elle soup-
çonnait sans attrait pour elle, ma
tante s'imposa des devoirs de son
choix et sut les remplir avec un pieux

dévouement; elle paya sa dette à la société en devenant l'amie des malheureux et des pauvres. Tout ce qui l'entoura se ressentit de sa généreuse humanité, et en revanche, dans tous les lieux où elle fut connue elle fut aimée...

Vous jugez de quel poids étaient pour moi les paroles et l'exemple d'une personne aussi tendrement chérie que digne de l'être! Je m'habituai à voir, à penser comme elle; et soit que mon organisation se rapprochât un peu de la sienne, ou que l'on adopte aisément les idées de ce qu'on aime, il s'établit entre elle et moi une conformité de sentimens qui augmenta avec l'âge, et devint pour nous une source de

vrais plaisirs. Je n'aspirais qu'à res-
sembler en tout à l'excellente Laure
d'Atrive ; et quoique, hélas ! je sois
restée bien loin de mon modèle, je
lui rapporte encore cet amour du
bien que son exemple a gravé dans
mon cœur.

Je crois que, redoutant toute influence étrangère sur mon éducation,
ma tante me tint à dessein constam-
ment éloignée de ma famille ; elle
savait que mon père blâmait les soins
qu'elle prenait pour me faire acquérir
des connaissances et des talens qu'il
prisait peu chez les femmes, et qu'en
se rapprochant de lui elle eût eu à
supporter des oppositions et des raisonnemens absolument contraires aux

siens. Ces motifs empêchérent qu'elle
ne retournât à Sundswald et qu'elle
ne cédât au désir de ma mère, qui eût
voulu me revoir quelquefois. Ma
tante habitait alors une campagne
charmante aux environs de Carlstadt;
c'est là que mon frère vint nous voir
au bout de quelques années. Il nous
parut triste et changé, mais il ne nous
confia point alors le sujet de ses peines; du reste il se montra le même
et s'attacha plus que jamais à moi.
Avant de nous séparer cette fois,
nous convînmes de correspondre ensemble et de rester ainsi unis par le
cœur, puisque le destin voulait que
nous vécussions éloignés l'un de l'autre. Il me laissa de son amitié des sou-

venirs les plus touchans et que je n'oublierai jamais. Peu de temps après son départ, ma tante quitta de nouveau sa retraite; elle reprit ce goût actif et ce désir d'observations qui lui rendaient le changement de lieu agréable et nécessaire. Nous voyageâmes dans plusieurs contrées de l'Europe; j'y appris à parler quelques langues dont les élémens seuls m'étaient connus, et j'acquis en même temps l'habitude de comparer, si utile, surtout pour les objets d'arts qui n'ont, pour ainsi dire, qu'une beauté relative.

Dans le cours de nos voyages, nous eûmes le bonheur de rencontrer quelques-uns de ces hommes rares par leur supériorité, et qui avaient aussi

quitté leur patrie pour y reporter ensuite le fruit de leurs travaux. Plusieurs d'entre eux avaient ancienne-
ment connu ma tante ; ils la revirent
avec plaisir. Son extrême simplicité,
jointe à un esprit des plus aimables ,
détruisait pour elle l'effet ordinaire de
l'absence ; et tout ce qui était aimable
et distingué la retrouvait toujours
amie fidèle.

Cette fois sa fille adoptive , son
élève partagea l'attention dont elle
était l'objet , et j'obtins les plus grands
encouragemens de ces mêmes hom-
mes dont j'admirais le jugement et la
science. Jamais rien d'aussi flatteur
n'était arrivé jusqu'à mon âme. Il me
sembla dès ce moment que le rideau

épais qui couvrait encore mes idées
venait d'être soulevé, et que mon
imagination embrassait une étendue
qu'elle avait à peine aperçue : j'avais
alors seize ans. Tout prit à mes yeux
une couleur nouvelle, et le prisme de
la jeunesse embellissait chacun des
objets sur lesquels reposait ma pensée.
La vie me parut riante et légère, la
mort un doux sommeil, l'éternité un
réveil glorieux. J'ignorais les passions
qui nous enlèvent tour à tour ces biens
si parfaits, et prête à traverser d'un pas
assuré la route de la vie, je ne deman-
dais au ciel que la vue continuelle de
ma seconde mère, l'entretien et le
cœur de ses amis ; et, ne voyant rien
sur la terre au-delà du bonheur que

j'éprouvais, je goûtais à la fois la vo-
lupté de l'innocence et celle attachée
à une existence laborieuse.

Parmi cette réunion d'artistes et de
savans, qui formaient la société de ma
tante, un jeune poète paraissait s'attacher davantage à former mon esprit;
il m'indiqua des lectures, m'enseigna
l'art des vers, me dit ensuite d'appeler à mon secours la religion, la nature et le sentiment. — C'est là, me
disait-il, que vous trouverez la véritable poésie; elle existe dans tout ce
qui fait naître une impression forte.
J'écoutai ses conseils, et mes premiers
essais lui furent soumis. Mareska, me
dit-il avec un enthousiasme mêlé

d'une sévérité qui m'étonna, cette As-
pasie, qui reçut des sages à son école
et instruisit les Grecs, fut sans doute
moins éloquente que vous; mais elle
fut sensible...! — Et moi? repris-je assez vivement. — Vous, continua-t-il,
ah ! vous plairez toujours, mais vous
n'aimerez jamais : le ciel a créé votre
esprit presque aux dépens de cette
sensibilité que doit réclamer exclusivement l'amour. — J'avoue que je
me trouvai embarrassée de ce singulier compliment, et que je ne sais
encore dans quelle vue il me fut
adressé. Je m'en offensai d'abord,
puis je finis par en rire, et je répétai à
ma tante cette étonnante prophétie

qui ne laissa pas que de se vérifier pendant long-temps.

Mareska en cet endroit avait regardé Oscar plus tendrement ; et il était prêt à l'interrompre lorsqu'elle reprit son récit en ces termes.

FIN DU SECOND VOLUME.